趣味

識字·組詞

漢語拼音故事 ③

宋詒瑞 編著

好心的河馬

新雅文化事業有限公司
www.sunya.com.hk

掌握方法，快速積累詞彙好容易

　　小朋友，你們在寫作文的時候，是不是總會有這樣的苦惱：我有很多話要說，但是不知道怎麼寫出來；我要說的意思，應該用哪些詞彙來表達呢？

　　對，這是我們每個人在寫作時都曾有過的煩惱。這說明，我們腦中所知道的詞彙還不夠多，不夠用來表達我們的所思所想。但是不用怕，我們正在努力幫助你們解決這個問題。

　　要想寫好作文，要想把我們心中所思所想的東西暢快、完整地表達出來，最重要，也是最基本的第一步就是要儘快豐富我們的詞彙量。

　　《趣味識字•組詞漢語拼音故事》就是專為幫助你們學習漢字、快速豐富你們的詞彙量而設計編寫的普通話故事書。它具有以下特點：

　　1. 專為小學生而設：書中所選的字和詞語出自香港教育局頒布的香港學生「小學學習字詞表」，這是香港學生在小學階段必須學習的語文教學內容。

　　2. 字詞量豐富：4 冊故事按筆畫序，從「小學學習字詞表」挑選 160 個必學字，以及由這些字構成的詞語約 3,200 個，再加上由這些字和詞語引伸出去的常用詞語，**約收集超過 4,800 個常用詞**，大大豐富了小學生的詞彙量。

　　3. 方法巧妙，易學易記：本書用「以字帶詞語」的方法，把同一個字組成不同的詞語，例如：工——工匠、工具、工藝、工地、工人、工程、工作、工資、工序、工會、工友、工業、工廠、工場、工傷、工蟻、工程師、工商業、工作證、工具書等，集中在一起，從中挑選 8-12 個常用詞語，巧妙地編寫成一個有趣的故事，不但令你在短時間

內學會大量字和詞語，而且通過故事裏的句子，讓你在具體的語境裏，直觀地理解這些詞語的含義，以及掌握到這些詞語的正確用法，達到事半功倍的學習效果。

4. **語文遊戲多元化，活學活用**：每個故事後面設計 1-2 題的語文練習小遊戲，讓你**立即檢測學習成效**，並可作延伸學習，進一步豐富你的詞彙量。而故事下方的「我會接龍」，則把詞語擴展到更廣闊的層面，也可啟發你：學習詞語可以有多種方法。

5. **附加詞語解釋，助你快速掌握詞語含義**：考慮到初小學生的語文水平，每個故事還為一些程度稍深的詞語作了注釋，幫助你閱讀理解。

6. **查閱詞語的好幫手**：書末附加「小學生語文學習字詞表」，收集了香港學生「小學學習字詞表」裏的大部分詞語，可**供你做組詞練習或寫作文時查閱用**，也可供教師課堂上使用。

7. **有趣實用的普通話學習教材**：全書配上漢語拼音，以及普通話朗讀，你可以邊聽錄音邊跟着朗讀。這樣，學完這套 4 冊故事書的 164 個故事之後，你不僅掌握了大量的漢語詞彙，還有可能會說一口標準的普通話呢！

小朋友，當我們掌握了「以字帶詞語」的學習方法後，快速地豐富我們的詞彙量就很容易了；而當我們積累了豐富的詞彙，就可暢快、完整地地表達出我們的思想。這樣，寫好一篇文辭優美、情感豐富的好文章便不再是一件困難的事情啦！

目錄

(第三冊，收集 40 個十畫至十三畫的小學生必學字。)

yuán
原 一
shíhuà
（十畫）

yuánxiān	原先
yuán yě	原野
yuán yīn	原因
yuányuánběnběn	原原本本
yuán lái	原來
yuán mù	原木
yuán liào	原料
yuán yóu	原由
yuán yàng	原樣
yuán yì	原意
qíng yǒu kě yuán	情有可原
yuán liàng	原諒

6359_001

好心的河馬
hǎo xīn de hé mǎ

野豬和河馬原先是好鄰居，大家都住在森林北面
的原野上，相處和睦。

但是，最近卻發生了一件事，鬧得兩家很不開
心，不僅不相往來，甚至見了面都怒目相對。究竟是
什麼原因呢？

森林的長老大象把河馬和野豬找來問個明白。

兩家原原本本①地把情況一說，大象聽得哈哈
大笑：原來河馬看見野豬家的屋頂破了，每逢颱風下
雨都漏水，就好心想幫忙修補。他搬來了一根沉重
的原木②當原料，卻不小心壓塌了屋頂，害得野豬一
家露宿了幾天。野豬不明原由③，吵着要河馬把屋頂恢

我會接龍

草原 → 原本 → 本來 → 來去 → 去向 → 向陽
cǎo yuán　　yuán běn　　běn lái　　lái qù　　qù xiàng　　xiàng yáng

^{fù yuán yàng}
復原樣，河馬感到委屈得很……

^{dà xiàng quàn jiě shuō} ^{hé mǎ de yuán yì shì hǎo de} ^{yā tā le yě zhū}
大象勸解說：「河馬的原意是好的，壓塌了野豬

^{de wū dǐng yě qíng yǒu kě yuán} ^{yě zhū nǐ bú dàn yīng gāi yuán liàng tā hái yào}
的屋頂也情有可原④，野豬你不但應該原諒他，還要

^{gǎn xiè tā}
感謝他。」

^{liǎng jiā rén hé lì xiū hǎo}
兩家人合力修好

^{le wū dǐng chóng xīn chéng wéi hǎo}
了屋頂，重新成為好

^{lín jū}
鄰居。

注：
① 原原本本：從頭到尾地。
② 原木：採伐後未經加工的木料。
③ 原由：原因。
④ 情有可原：根據情理，可以給予原諒。

 語文遊戲

尋找近義詞並連線。

原先　　原意　　原由　　原理

本意　　起初　　道理　　原因

^{huā cóng} ^{cóng lín} ^{lín mù} ^{mù tóu}
→ 花 叢 → 叢 林 → 林 木 → 木 頭

jiā
家 ——
shíhuà
（十畫）

jiā jiào　zhù jiā　jiā tíng　jiā qín jiā chù　jiā jiā hù hù
家教、住家、家庭、家禽家畜、家家戶戶、

jiā zú　jiā chǎn　jiā wù
家族、家產、家務

6359_002

jiā zì de lái yuán
「家」字的來源

yé ye shì xiǎomíng de zhōngwén　　jiā jiào　　　　yé ye néng bǎ měi ge zì
爺爺是小明的中文「家教①」。爺爺能把每個字

dōushuōchū yí ge xiǎo gù shi lái
都說出一個小故事來。

yé ye zhǐ zhe　jiā　zì shuō　　nǐ kàn　　zhè shì yí ge wū dǐng　shì
爺爺指着「家」字說：「你看，這是一個屋頂，是

yí hù zhù jiā
一戶住家……」

xiǎomíng chā zuǐ shuō　　wǒ zhī dào　hěn duō zì dōu yǒu zhè me yí ge wū
小明插嘴說：「我知道，很多字都有這麼一個屋

dǐng de　　　ān tā shǒu kè　　　nà me　wū dǐng xià mian de zhè
頂的，『安、它、守、客』……那麼，屋頂下面的這

ge　shǐ　shì shén me yì si ne
個『豕』是什麼意思呢？」

「豕 shǐ shì zhū de yì si　shì gǔ wén zì
「『豕』是豬的意思，是古文字。」

wò　wǒ zhī dào le　wū dǐng xià mianyǎng zhe yì tóu zhū　nà jiù shì
「喔，我知道了，屋頂下面養着一頭豬，那就是

yí ge jiā
一個家！」

duì ya　zhōng guó de nóng mín jiā tíng dōu sì yǎng hěn duō zhǒng jiā qín jiā
「對呀，中國的農民家庭都飼養很多種家禽家

我會接龍

jiā rén　　rén jiā　　jiā fǎng　　fǎng wèn　　wèn dá　　dá àn
家人 → 人家 → 家訪 → 訪問 → 問答 → 答案

^{chù}畜②，豬尤其重要，家家户户③都養豬，豬就像是他

們的家族成員，成為他們的重要家產。所以古人為

『家』造字時就首先想到了豬。」

「哈哈，真有趣！那麼，『安』就是婦女在家裏做

家務④很安全，『客』就是各個朋友來家裏作客囉！」

小明説。

爺爺誇道：「你真聰明！」

注：

① **家教**：在家裏對孩子進行教育，也指專門從事家
庭教育的教師。

② **家禽家畜**：人類在家中馴養的鳥類（如雞鴨鵝等）
和獸類（如豬牛羊馬兔貓狗等）。

③ **家家戶戶**：每家每戶。

④ **家務**：家庭事務。

 語文遊戲

哪些字可與「家」字組詞，請圈出來。

家

教/育　　庭/院　　訪/問　　禽/獸　　服/務

→ 案情 → 情感 → 感情 → 情有獨鍾

shí hou　　shí ér　　yǒu shí hou　　shí cháng　shí jiān　　shí guāng
時候、時而、有時候、時常、時間、時光、

shí zhōng　shí chen　　xiǎo shí　　zhǔn shí　　bù shí　　shí zhēn　àn shí
時鐘、時辰、小時、準時、不時、時針、按時

6359_003

xiǎo tíng zuò gōng kè
小婷做功課

xiǎo tíng gāng rù xiǎo xué　　hái bù xí guàn huí jiā zuò gōng kè
小婷剛入小學，還不習慣回家做功課。

měi cì zuò gōng kè de shí hou　　tā pā zài zhuōshang xiě le jǐ gè zì jiù zuò
每次做功課的時候，她趴在桌上寫了幾個字就坐

bu zhù le　　shí ér　shuō yào shàng cè suǒ　　shí ér yào hē shuǐ　yǒu shí hou hái
不住了，時而①說要上廁所，時而要喝水；有時候還

rǎng zhe bú huì zuò　　yào mā ma bāngmáng　　jǐ yàng gōng kè zǒng yào tuō dào wǎnshang
嚷着不會做，要媽媽幫忙。幾樣功課總要拖到晚上

jiǔ　shí diǎn zhōng cái wánchéng
九、十點鐘才完成。

mā ma zháo jí de hěn　　shí cháng pī píng tā bù zhuā jǐn shí jiān　　làng fèi
媽媽着急得很，時常批評她不抓緊時間，浪費

le dà hǎo shí guāng　　hòu lái mā ma suǒ xìng lái gè yìng xìng guī dìng　děng tā fàng
了大好時光②。後來媽媽索性來個硬性規定，等她放

xué huí jiā xiū xi yí zhèn zhī hòu　　mā ma zhǐ zhe shí zhōngshuō　　xiàn zài shì sì
學回家休息一陣之後，媽媽指着時鐘說：「現在是四

diǎn zhōng　nǐ zài yí ge shí chen　li bì xū zuò wán gōng kè　　bù rán jiù bù kāi
點鐘，你在一個時辰③裏必須做完功課，不然就不開

fàn
飯。」

xiǎo tíng zhī dào yí ge shí chen jiù shì liǎng ge xiǎo shí　　jiù shì shuō liù diǎn
小婷知道一個時辰就是兩個小時，就是說六點

我會接龍

bù wù nóng shí　　　shí xīn　　　xīn wén　　　wén guò zé xǐ
不誤農時 → 時新 → 新聞 → 聞過則喜

zhōng tā bì xū zhǔn shí fàng xià bǐ　　cái néng chī wǎn fàn
鐘 她必須準時放下筆，才能吃晚飯。

　　　　zhè yì fāng fǎ guǒ rán shēng xiào　　xiǎo tíng zuò gōng kè shí jiù hěn zhuān xīn
這一方法果然生效。小婷做功課時就很專心，

bù shí　　wàng xiàng shí zhōng shang de shí zhēn
不時④望向時鐘上的時針

hé fēn zhēn shēng pà cuò guò le wǎn fàn　　yǐ
和分針，生怕錯過了晚飯。以

hòu　　tā dōu néng àn shí zuò wán gōng kè
後，她都能按時做完功課，

mā ma lè de méi kāi yǎn xiào
媽媽樂得眉開眼笑。

注：

① **時而**：表示不定時地重複發生。

② **時光**：時間、光陰。

③ **時辰**：舊時計時的單位，把一晝夜平分為十二段，每段叫一個時辰，合現在的兩
　　　　小時。

④ **不時**：時時，隨時。

語文遊戲

搭配成語，請將合適的詞用線連起來。

時時	境遷
盛極	可失
時不	運轉
時過	刻刻
時來	一時

qì
氣 一
shíhuà
（十畫）

tiān qì　qì wēn　qì yā　qì hòu　qì liú　bǐng qì níngshén
天氣、氣溫、氣壓、氣候、氣流、屏氣凝神、

qì fēn　qì liú　qì něi
氣氛、氣流、氣餒、

6359_004

fēi jī de fā míng
飛機的發明

nián　yuè de yì tiān　zài měi guó mǒu chù　rén men jù jí zài yì
1908 年 9 月的一天，在美國某處，人們聚集在一

qǐ　qī dài zhe lái tè xiōng dì de fēi xíng biǎo yǎn　zhè tiān tiān qì qíng lǎng　qì
起，期待着萊特兄弟的飛行表演。這天天氣晴朗，氣

wēn hé shì　qì yā　wěn dìng　zhèng shì fēi xíng de hǎo qì hòu
溫合適，氣壓①穩定，正是飛行的好氣候。

dì　di ào wéi ěr jià shǐ zhe tā men fā míng de fēi jī　zài huān hū shēng
弟弟奧維爾駕駛着他們發明的飛機，在歡呼聲

zhōng huá pò qì liú　xú xú fēi xiàng tiān kōng　rén men bǐng qì níngshén zhù shì
中劃破氣流②，徐徐飛向天空。人們屏氣凝神③注視

zhe　qì fēn jǐn zhāng　chéng gōng le　fēi jī zài　mǐ gāo dù fēi xíng le yí
着，氣氛緊張。成功了！飛機在 76 米高度飛行了一

ge duō xiǎo shí hòu cái zháo lù
個多小時後才着陸。

lái tè xiōng dì cóng xiǎo xǐ huan fā míng chuàng zào　tā men kàn jiàn guo fēi
萊特兄弟從小喜歡發明創造。他們看見過飛

xiàng kōng zhōng de luó xuán　jiù xiǎng zhì zào yì zhǒng néng fēi shàng lán tiān de dōng
向空中的螺旋，就想製造一種能飛上藍天的東

xi　wèi cǐ　tā men yì biān gàn huó zhèng qián　yì biān xué xí yǒu guān qì liú
西。為此，他們一邊幹活掙錢，一邊學習有關氣流、

dòng lì děng háng kōng zhī shi　shì zhì le yí jià xiàng fēng zheng nà yàng de huá xiáng
動力等航空知識，試製了一架像風箏那樣的滑翔

我會接龍

lì qì　qì lì　lì dà wú qióng　qióng zé sī biàn　biàn huà
力氣 → 氣力 → 力大無窮 → 窮則思變 → 變化

jī dàn shì zhǐ néng fēi yì mǐ duō gāo
機，但是只能飛一米多高。

tā men bìng bú qì něi duō cì gǎi jìn hái jiā shàng le fā dòng jī lái
他們並不氣餒④，多次改進，還加上了發動機來

tuī dòng huá xiáng zhōng yú qǔ dé le chéng gōng
推動滑翔，終於取得了成功。

rén men duō nián lái kě wàng néng xiàng
人們多年來渴望能像

niǎo er yí yàng fēi xiáng de mèng xiǎng zhōng
鳥兒一樣飛翔的夢想 終

yú biàn wéi xiàn shí le
於變為現實了！

注：
① **氣壓**：大氣的壓強——單位面積上所受的壓力。
② **氣流**：流動的空氣。
③ **屏氣凝神**：暫時抑止呼吸，集中注意看或聽。
④ **氣餒**：失掉勇氣。

語文遊戲 ✏

1. 成語填空

　　a. 屏氣（　）（　）　　　b. 氣急（　）（　）
　　c. 氣勢（　）（　）　　　d. （　）（　）萬千

2. 用成語填空。

　　　　氣勢洶洶　　氣焰囂張　　氣壯山河

　　金兵大軍（　　　）入侵，一時攻佔多地，
　　（　　　　）。岳飛帶兵英勇抗戰，金兵一見岳家軍
　　戰旗就慌忙地逃竄。

huà hé zuò yòng yòng xīn liáng kǔ kǔ kǒu liáng yào yào fāng
→ 化合作用 → 用心良苦 → 苦口良藥 → 藥方

shuǐ tǔ liú shī　　liú lí shī suǒ　　shuǐ liú liàng　　liú tōng　　shuǐ liú
水土流失、流離失所、水流量、流通、水流、
hé liú　　liú xuè liú hàn　　zhǔ liú　　hóng liú　　liú chàng　　zhī liú
河流、流血流汗、主流、洪流、流暢、支流、
liú fāng qiān gǔ
流芳千古

6359_005

大禹治水
dà　yǔ　zhì　shuǐ

四五千年前，黃河因為水土流失①，發生了一次特
sì wǔ qiānnián qián huáng hé yīn wèi shuǐ tǔ liú shī　fā shēng le yí cì tè

大水災，到處是茫茫一片的洪水，百姓流離失所②。
dà shuǐ zāi　dào chù shì máng máng yí piàn de hóng shuǐ　bǎi xìng liú lí shī suǒ

鯀被派去治水，他用「堵」的方法，卻勞民傷財，
gǔn bèi pài qù zhì shuǐ　tā yòng dǔ de fāng fǎ　què láo mín shāng cái

水災更嚴重了。
shuǐ zāi gèng yán zhòng le

鯀的兒子禹總結父親失敗的教訓，認為洪水氾濫
gǔn de ér zi yǔ zǒng jié fù qīn shī bài de jiào xùn　rèn wéi hóng shuǐ fàn làn

是因為河道太窄，洪水的水流量大，不能流通。只要
shì yīn wèi hé dào tài zhǎi　hóng shuǐ de shuǐ liú liàng dà　bù néng liú tōng　zhǐ yào

順着水流的方向開挖河道，把水引導出去就好辦了。
shùn zhe shuǐ liú de fāng xiàng kāi wā hé dào　bǎ shuǐ yǐn dǎo chū qu jiù hǎo bàn le

於是他制定了疏導河流的方案，親自率領20多
yú shì tā zhì dìng le shū dǎo hé liú de fāng àn　qīn zì shuài lǐng　duō

萬羣眾，展開了規模宏大的治水工程。他和民眾一起
wàn qún zhòng zhǎn kāi le guī mó hóng dà de zhì shuǐ gōng chéng　tā hé mín zhòng yì qǐ

勞動，廢寢忘食，夜以繼日，流血流汗，不辭勞苦，
láo dòng　fèi qǐn wàng shí　yè yǐ jì rì　liú xuè liú hàn　bù cí láo kǔ

甚至三過家門而不入。
shèn zhì sān guò jiā mén ér bú rù

我會接龍

jī liú　　liú dòng　　dòng yáo　　yáo dòng　　dòng wù　　wù pǐn
激流 → 流動 → 動搖 → 搖動 → 動物 → 物品

jīng guò nián de jiān kǔ láo dòng zhōng yú shū tōng le tiáo dà hé de
經過13年的艱苦勞動，終於疏通了9條大河的

zhǔ liú shǐ hóng liú yán zhe xīn kāi de hé dào liú chàng de jìn rù dà hǎi tā
主流，使洪流沿着新開的河道，流暢地進入大海。他

men yòu jì xù shū tōng gè dì de zhī liú zhì
們又繼續疏通各地的支流，制

fú le zāi hài wán chéng le liú fāng qiān
服了災害，完成了流芳千

gǔ de wěi dà yè jì
古③的偉大業績。

注：

① 水土流失：土地表面的肥沃土壤被水沖
　　　　　　　走或被風颳走。

② 流離失所：到處流浪，沒有安身的地方。

③ 流芳千古：美名流傳千萬代。

語文遊戲

1. 尋找反義詞並連線。

主流　流暢　寒流　流利　流離失所　流芳千古

結巴　支流　堵塞　暖流　遺臭萬年　安居樂業

2. 請為成語「流芳千古」尋找 2-3 個近義詞成語。

_____

pǐn xíng　　xíng wéi　　wéi rén　　rén qún
→ 品 行 → 行 為 → 為 人 → 人 羣

xiāo
消 —
shíhuà
（十畫）

xiāo mó　xiāo xi　yān xiāo yún sàn　xiāo shī　xiāo shì
消磨、消息、煙消雲散、消失、消逝、

yì zhì xiāo chén　xiāo shòu　xiāo jí　xiāo hào
意志消沉、消瘦、消極、消耗

6359_006

shǒu　zhū　dài　hóng
守株待虹

xiāo gǒu wāng wāng měi tiān fàng yáng zhī hòu　　zuò zài dà shù xià mian tiào wàng fēng
小狗汪汪每天放羊之後，坐在大樹下面眺望風

jǐng xiāo mó　shí jiān
景消磨①時間。

yì tiān huáng hūn　tā zhèng zài shù xià xiū xi　hū rán kàn jiàn tiān shang chū
一天黃昏，他正在樹下休息，忽然看見天上出

xiàn le yí dào wǔ yán liù sè de gǒng xíng wù　tā jīng xǐ de dà jiào　mā ma
現了一道五顏六色的拱形物。他驚喜地大叫：「媽媽，

hǎo xiāo xi　tiān shang chū xiàn le qí jì
好消息！天上出現了奇跡！」

mā ma yí kàn　xiào dào　zhè shì qī sè cǎi hóng　guò yí huì tā jiù yān
媽媽一看，笑道：「這是七色彩虹，過一會它就煙

xiāo yún sàn　le
消雲散②了。」

guǒ rán　cǎi hóng jiàn jiàn biàn dàn　guò le yí zhèn jiù wán quán xiāo shī le
果然，彩虹漸漸變淡，過了一陣就完全消失了。

wāng wāng shuō　wǒ cóng méi jiàn guò zhè me měi lì de dōng xi　wǒ yào
汪汪說：「我從沒見過這麼美麗的東西，我要

tiān tiān děng zhe tā　xīn shǎng tā
天天等着它，欣賞它！」

yú shì　tā zhēn de měi tiān zuò zài shù xià yǎn zhēng zhēng de wàng zhe tiān
於是，他真的每天坐在樹下眼睜睜地望着天

我會接龍

qǔ xiāo　　xiāo yán　　yán rè　　rè huǒ cháo tiān　　tiān dì
取消 → 消炎 → 炎熱 → 熱火朝天 → 天地

biān　děng dài zhe cǎi hóng de　zài　cì chū xiàn
邊，等待着彩虹的再次出現。

suì yuè xiāo shì　　wāng wāng biàn de　yì　zhì xiāo chén　le　　tā shén me shì qing
歲月消逝，汪汪變得意志消沉③了，他什麼事情

dōu bù xiǎng qù zuò　　hún shēn méi jìn　　shēn tǐ　yě xiāo shòu le　　　mā ma hěn shēng
都不想去做，渾身沒勁，身體也消瘦了。媽媽很生

qì　shuō　　nǐ biàn de zhè me xiāo jí　　wán
氣，說：「你變得這麼消極，完

quán shì zài xiāo hào　　zì jǐ　de shēng mìng
全是在消耗④自己的生命。

zhè yàng zuò　　jiù xiàng gǔ rén de shǒu zhū dài
這樣做，就像古人的守株待

tù　　shì shǎ zi de xíng wéi
兔，是傻子的行為！」

注：
① 消磨：度過。
② 煙消雲散：比喻事物消失淨盡。
③ 意志消沉：情緒低落，失去生活的樂趣和勇氣。
④ 消耗：精神、力量、東西等因使用或受損失而漸漸減少。

語文遊戲

1. 尋找近義詞並連線。

   消退　　消受　　消耗

   享受　　減退　　減少

2. 尋找反義詞並連線。

   撤銷　　消極　　消失

   積極　　恢復　　出現

dì　fāng zhèng fǔ　　　fǔ　shàng　　　shàng hǎi　　　hǎi shàng
→ 地方政府 → 府上 → 上海 → 海上

hǎi
海 —
shíhuà
（十畫）

hǎi yáng　　rén shān rén hǎi　　dà hǎi　　hǎi shā　　hǎi dǐ　　hǎi xīng
海洋、人山人海、大海、海沙、海底、海星、

hǎi dǎn　　hǎi shēn　　hǎi dài　　hǎi zǎo　　hǎi cǎo　　hǎi tún　　hǎi bào
海膽、海參、海帶、海藻、海草、海豚、海豹、

hǎi guī　　hǎi xiào　　hǎi cháo　　hǎi làng　　hǎi àn
海龜、海嘯、海潮、海浪、海岸

6359_007

kàn shuǐ zú guǎn
看水族館

海洋樂園裏新建的水族館剛剛開放，大家都爭着去先睹為快，館裏人山人海①。

那裏有一個高達四層樓的大水池，裏面的布置模擬大海的景象——鋪有海沙的海底有各種巖石，布滿海星、海膽、海參等生物，還生長着海帶、海藻、海草等植物。形形式式的海洋魚類在這裏和平共處，自由自在地遨遊。大型的有鯊魚、鯨魚、海豚、海豹，小的有熱帶魚、海龜等。牠們都互不侵犯互不干涉，各自尋找食物，各自有生存的方式。

這裏雖然沒有狂風巨浪，沒有海嘯②和海潮③，但是輕微的海浪使水波盪漾，參觀的人羣站在水池

我會接龍

dāo shān huǒ hǎi　　hǎi mián　　mián yán bú duàn　　duàn rán bù néng
刀山火海 → 海綿 → 綿延不斷 → 斷然不能

18

wài mian　　jiù hǎo xiàng shì zhì shēn zài hǎi àn shang　yòu hǎo xiàng zì jǐ yě yǐ jing qián
外面，就好像是置身在海岸上，又好像自己也已經潛

rù hǎi zhōng　chéng wéi hǎi yáng shì jiè de yí bù
入海中，成為海洋世界的一部

fen　　zhè gǎn jué zhēn shì qí miào a
分。這感覺真是奇妙啊！

注：
① **人山人海**：形容聚集的人極多。
② **海嘯**：由海底地震或風暴引起的海水
　　　　劇烈波動，海水沖上陸地，往
　　　　往造成災害。
③ **海潮**：海洋潮汐，指海洋水面定時漲
　　　　落的現象。

語文遊戲

1. **成語填空**

a. （　）（　）撈月　　b. 大（　）撈（　）

c. 海（　）蜃（　）　　d. 海枯（　）（　）

2. **選詞填空**

　　　海鮮　　海島　　海邊　　海內外　　海產

　　這個（　）上有一家（　）出名的飯館，
他們的（　）食品很美味，因為他們每天早上去
（　）收購各類新鮮的（　）作菜餚的材料。

néng zhě duō láo　　láo kǔ dà zhòng　　　zhòng kǒu nán tiáo
→ 能 者 多 勞 → 勞 苦 大 眾 → 眾 口 難 調

6359_008

zá jì tuán xià xiāng
雜技團下鄉

qiū shōu jié shù　　chéng shì zá jì tuán wèi le wèi láo xīn kǔ le yì nián de nóng
秋收結束，城市雜技團為了慰勞辛苦了一年的農

mín xiōng dì　　tè dì　　xià xiāng lái yǎn chū liǎng chǎng
民兄弟，特地①下鄉來演出兩場。

chéng shì zá jì tuán shì yí ge hěn yǒu dì fāng tè sè　de biǎo yǎn tuán tǐ
城市雜技團是一個很有地方特色②的表演團體。

tā de yǎn yuán dōu shì dāng dì jù yǒu yì xiē tè jì　běn lǐng de nián qīng rén　huò
它的演員都是當地具有一些特技③本領的年輕人，或

shì yǒu xiē rén jù yǒu zhuān mén de tè cháng　jīng guò péi xùn　zhǎng wò le zá jì yì
是有些人具有專門的特長，經過培訓，掌握了雜技藝

shù de tè diǎn　biān pái chū yì xiē hěn tè bié de jié mù　pì rú zhè cì biǎo yǎn
術的特點，編排出一些很特別的節目。譬如這次表演

de tī wǎn dǐng tóu　shuāng jiǎo zhuàn dà gāng　kōng zhōng fēi rén　cǎi gāo qiāo　tiào
的踢碗頂頭、雙腳轉大缸、空中飛人、踩高蹺、跳

huǒ quān děng děng
火圈等等。

nóng mín men cóng lái méi yǒu jiàn guò zhè me qí tè　de biǎo yǎn　gè gè kàn de
農民們從來沒有見過這麼奇特的表演，個個看得

mù dèng kǒu dāi　yǎn chū zhī hòu yǎn yuán zhù dào nóng mín jiā　yǔ nóng mín xiōng dì
目瞪口呆。演出之後演員住到農民家，與農民兄弟

qīn qiè jiāo tán　　yǒu rén wèn　　nǐ men de yǎn chū zěn me zhè yàng shén qí　nǐ
親切交談。有人問：「你們的演出怎麼這樣神奇？你

我會接龍

qí tè → tè bié → bié yǒu yòng xīn → xīn líng → líng huó →
奇特 → 特別 → 別有用心 → 心靈 → 靈活 →

_{men shì bu shì jù yǒu tè yì gōng néng ne}
們是不是具有特異功能④呢？」

_{yǎn yuán men huí dá}　　　_{zhè shì wǒ men cháng nián lěi yuè xīn qín xùn liàn de jié}
演員們回答：「這是我們長年累月辛勤訓練的結

_{guǒ}　_{qín liàn gōng}　_{jiù shì wǒ men zá jì}
果。勤練功，就是我們雜技

_{tuán chéng gōng de tè shū fǎ bǎo}
團成功的特殊法寶。」

注：
① **特地**：表示專為某件事而行動。
② **特色**：事物所表現出來的獨特的色彩、風格等。
③ **特技**：武術、馬術、飛機駕駛等方面的特殊技能。
④ **特異功能**：也叫超自然能力，是人類潛在能量的
　　　　　　 一種體現，例如有的人能用耳朵識字
　　　　　　 等。

語文遊戲

尋找同義詞並連線。

特徵　　特長　　特質　　特別

特點　　特性　　特殊　　特意

_{huó pō}　　　_{pō shuǐ jié}　　_{jié rì}　　　_{rì luò}　　_{luò rì}
活潑 → 潑水節 → 節日 → 日落 → 落日

zhēn
真 —
shíhuà
（十畫）

zhēn xīn shí yì　zhēn qíng　zhēn kōng　qiān zhēn wàn què　zhēn shì
真心實意、真情、真空、千真萬確、真是、

zhēn shí　zhēn zhì　mèng xiǎng chéng zhēn
真實、真摯、夢想成真

6359_009

xiàn gěi mā ma de ài xīn wū
獻給媽媽的愛心屋

mā ma de shēng rì kuài dào le　xiǎo shān jué dìng zì jǐ dòng shǒu　gěi mā ma
媽媽的生日快到了，小珊決定自己動手，給媽媽

zuò yí jiàn lǐ wù　biǎo shì zì jǐ de zhēn xīn shí yì
做一件禮物，表示自己的真心實意①。

tā měi tiān cóng líng yòng qián li shěng xià liǎng yuán　chóu zú yì bǐ cái liào
她每天從零用錢裏省下兩元，籌足一筆材料

fèi　tā xiǎng　yào yòng zì jǐ de qián mǎi cái liào　cái néng xiǎn shì zì jǐ de
費。她想：要用自己的錢買材料，才能顯示自己的

zhēn qíng
真情。

tā huā le liǎng ge xīng qī de kè yú shí jiān jīng xīn zhì zuò le yí zuò jīng zhì de
她花了兩個星期的課餘時間精心製作了一座精緻的

liǎng céng zhǐ xiǎo wū　kè tīng hé wò shì de jiā jù yí yìng jù quán　qiáng shang huà mǎn
兩層紙小屋，客廳和臥室的傢具一應俱全，牆上畫滿

ài xīn　xiǎo wū fàng zài yí ge guǎng kǒu de zhēn kōng píng li　píng dǐ bù zhì le
愛心。小屋放在一個廣口的真空②瓶裏，瓶底布置了

yì xiē lǜ sè hǎi mián dāng cǎo dì　wū qián yǒu yí ge zhà lán wéi qǐ de xiǎo huā pǔ
一些綠色海綿當草地，屋前有一個柵欄圍起的小花圃。

xiǎo shān yòu zhì zuò le yì zhāng hè kǎ　lián tóng zhēn kōng píng yì qǐ xiàn gěi
小珊又製作了一張賀卡，連同真空瓶一起獻給

mā ma　shuō　mā ma　wǒ zhǎng dà hòu yí dìng yào wèi nǐ gài yí zuò zhè yàng
媽媽，說：「媽媽，我長大後一定要為你蓋一座這樣

我會接龍

chuán zhēn　　zhēn píng shí jù　　jù shuō　　shuō huà　　huà méi
傳真 → 真憑實據 → 據說 → 說話 → 話梅 →

22

^{de} ài xīn wū　　^{qiān}zhēn^{wàn}què
的愛心屋，千真萬確③！」

　　^{bà}　ba jīng tàn dào　　^{zhè} zuò fáng zi zuò de ^{zhēn} shì sì mú sì yàng
　　爸爸驚歎道：「這座房子做得真是似模似樣，

^{hěn} zhēn shí　a　　hǎo xiàng zhēn de　yí
很真實啊，好像真的一

yàng
樣！」

　　mā ma gāo xìng de shuō　　　nǐ　de
　　媽媽高興地説：「你的

^{zhēn} zhì　　qíng yì ràng wǒ hěn gǎn dòng a
真摯④情意讓我很感動啊，

wǒ men yí dìng huì mèng xiǎng chéng zhēn
我們一定會夢想成真！」

注：
① **真心實意**：真實的心意。
② **真空**：沒有空氣或只有極少空氣的狀態。
③ **千真萬確**：形容非常真實，不容置疑。
④ **真摯**：真誠懇切。

語文遊戲

選詞填空

　　真相　真憑實據　真跡　千真萬確　真情　真品

　　王家發生竊案，一幅齊白石的（　　　　）畫被
盜，那是（　　　　）的（　　　　），價值連城。
警員來查案，找到一些（　　　　），逼得疑犯説出
實情，終於（　　　　）大白。

^{méi}　zi　jiàng　　　jiàng　cài　　　　cài　yuán　　　yuán　dì　　　dì　shǔ
梅子醬 → 醬菜 → 菜園 → 園地 → 地鼠

gāo
高一
shíhuà
（十畫）

gāo tán kuò lùn　gāo lóu dà shà　gāo sù gōng lù　gāoshān　gāo dà
高談闊論、高樓大廈、高速公路、高山、高大、

gāocéng　gāo gāo zài shàng　gāoshēn mò cè　gāo yǎ　gāo áng
高層、高高在上、高深莫測、高雅、高昂、

gāo shì kuò bù　gāozhěn wú yōu
高視闊步、高枕無憂

6359_010

dòng wù yuán li
動物園裏

bái tiān de yóu kè men sàn qù zhī hòu　dòng wù men dōu zài gāo tán kuò lùn
白天的遊客們散去之後，動物們都在高談闊論①，

yì lùn zhe dòng wù yuán jiāng yào bān qiān zhī shì
議論着動物園將要搬遷之事。

hú li xiān kāi kǒu　　tīng shuō yīn wèi zhè li sān miàn dōu shì gāo lóu dà
狐狸先開口：「聽說因為這裏三面都是高樓大

shà　hòumian yòu yǒu gāo sù gōng lù tōngguò　zhuān jiā rèn wéi bù hé shì wǒ men jū
廈，後面又有高速公路通過，專家認為不合適我們居

zhù
住。」

liè gǒu shuō　　bān dào yuǎn jiāo　kào jìn gāo shān hé sēn lín　kōng qì qīng
鬣狗說：「搬到遠郊，靠近高山和森林，空氣清

xīn　yǒu yì jiàn kāng a
新，有益健康啊。」

shēn qū gāo dà de xiàng bó shuō　　hēng　tīng shuō shì dà dì chǎn shāng kàn
身軀高大的象伯說：「哼，聽說是大地產商看

zhòng le zhè kuài dì　yào jiàn zào gāo céng zhù zhái lóu　suǒ yǐ bī zǒu wǒ men
中了這塊地，要建造高層住宅樓，所以逼走我們！」

pán zuò zài shù shang de dà xīng xing gāo gāo zài shàng　bìng bù chū shēng　yí
盤坐在樹上的大猩猩高高在上，並不出聲，一

fù gāo shēn mò cè　de yàng zi
副高深莫測②的樣子。

我會接龍

gāo　ào　　ào　màn　　màn　bù　　bù　fá　　fá　mù　　mù　tóu
高傲 → 傲慢 → 慢步 → 步伐 → 伐木 → 木頭

gāo yǎ de kǒng què xiān sheng gāo áng zhe tóu gāo shì kuò bù de zǒu dào
高雅的孔雀先生高昂着頭，高視闊步③地走到

dà jiā miàn qián tàn dào bān dào nà me yuǎn jiāo tōng bú biàn méi yǒu duō shao
大家面前歎道：「搬到那麼遠，交通不便，沒有多少

rén huì lái xīn shǎng wǒ le ài
人會來欣賞我了，唉！」

shì a yóu kè shǎo le zhuàn bu dào
是啊，遊客少了賺不到

qián huì yǐng xiǎng dòng wù men de shēng huó
錢，會影響動物們的生活

zhì sù yuán běn rì rì gāo zhěn wú yōu de
質素。原本日日高枕無憂④的

dòng wù men dōu biàn de yōu xīn chōng chōng le
動物們都變得憂心忡忡了。

注：

① **高談闊論**：漫無邊際地大發議論。

② **高深莫測**：言行使人難以理解，沒法揣測究竟高深到什麼程度。

③ **高視闊步**：眼睛向上看着邁大步，形容態度傲慢瞧不起人的神氣。

④ **高枕無憂**：墊高了枕頭睡覺，無所憂慮。比喻平安無事，不用擔憂。

語文遊戲

為成語填空

a. 高高（　　）（　　）　　b. 高深（　　）（　　）

c. 高視（　　）（　　）　　d. 高枕（　　）（　　）

e. 高（　　）闊（　　）　　f.（　　）（　　）大廈

tóu mù mù guāng guāng míng míng mù zhāng dǎn
→ 頭目 → 目光 → 光明 → 明目張膽

dòng 動 一
shí yī huà
（十一畫）

dòng yòng、dòng shēn、dòng yáo、dòng jìng、fēng chuī cǎo dòng
動用、動身、動搖、動靜、風吹草動、

qīng jǔ wàng dòng、fā dòng、gǎi dòng、xíng dòng、nuó dòng
輕舉妄動、發動、改動、行動、挪動、

dòng nǎo jīn、yí dòng
動腦筋、移動

6359_011

草木皆兵
cǎo mù jiē bīng

dōng jìn shí dài，qín wáng shuài lǐng jiǔ shí wàn dà jūn gōng dǎ jìn cháo。jìn
東晉時代，秦王率領九十萬大軍攻打晉朝。晉

cháo zhǐ néng dòng yòng bā wàn shì bīng shàng zhèn dǐ kàng，qín wáng jiù xiǎng yǐ duō shèng
朝只能動用八萬士兵上陣抵抗，秦王就想以多勝

shǎo，sù zhàn sù jué
少，速戰速決。

xiǎng bu dào qín jūn gāng dòng shēn chū zhēng，jiù bèi jìn jūn jī bài，dà jiàng bèi
想不到秦軍剛動身出征，就被晉軍擊敗，大將被

shā，sǐ shāng wàn duō míng shì bīng。qín jūn de jūn xīn dòng yáo，fēn fēn táo pǎo
殺，死傷萬多名士兵。秦軍的軍心動搖，紛紛逃跑。

qín wáng wàng jiàn duì miàn jìn jūn duì wǔ zhěng qí，dàn méi yǒu rèn hé dòng jìng；zài
秦王望見對面晉軍隊伍整齊，但沒有任何動靜；再

wàng jiàn sì zhōu shān shang fēng chuī cǎo dòng，hǎo xiàng mái fú zhe wú shù shì bīng，
望見四周山上風吹草動①，好像埋伏着無數士兵，

tā jiù bù gǎn zài qīng jǔ wàng dòng qù fā dòng jìn gōng
他就不敢再輕舉妄動②去發動進攻。

qín wáng gǎi dòng le zuò zhàn de xíng dòng jì huà，bǎ bù duì bù zhì zài féi
秦王改動了作戰的行動計劃，把部隊布置在淝

shuǐ běi àn，xiǎng niǔ zhuǎn zhàn jú。zhè shí tā yòu fàn le yī ge cuò wù：jìn jūn
水北岸，想扭轉戰局。這時他又犯了一個錯誤：晉軍

yāo qiú qín jūn nuó dòng yí xià，ràng jìn jūn dù hé zuò zhàn。qín wáng bú dòng nǎo
要求秦軍挪動③一下，讓晉軍渡河作戰。秦王不動腦

我會接龍

liú dòng → dòng shǒu → shǒu jiǎo bú biàn → biàn lì diàn → diàn pù
流動 → 動手 → 手腳不便 → 便利店 → 店舖

jīn biàn dā ying le
筋便答應了。

jìn jūn chèn qín jūn yí dòng shí de hùn luàn jú miàn xùn sù dù hé zhuī jī
晉軍趁秦軍移動時的混亂局面，迅速渡河追擊，

bǎ qín jūn shā de yí bài tú dì
把秦軍殺得一敗塗地。

zhè jiù shì lì shǐ shang yǒu míng
這就是歷史上有名

de féi shuǐ zhī zhàn
的淝水之戰。

注：
① **風吹草動**：比喻一點點動靜或極
輕微的動盪。
② **輕舉妄動**：不經慎重考慮，盲目
行動。
③ **挪動**：移動位置。

語文遊戲

選詞填空

動聽　　觸動　　無動於衷　　動心　　動人心弦

有人聽音樂時十分（　　　　　），覺得音樂十分
（　　　　　），能（　　　　　）心弦，但也有人對
音樂（　　　　　），絲毫不覺得音樂（　　　　　）。

pù miàn　miàn lín　lín shí　shí bú zài lái
→ 舖面 → 面臨 → 臨時 → 時不再來

國王、國家、國內、國外、國防、國土、國界、
guó wáng　guó jiā　guó nèi　guó wài　guó fáng　guó tǔ　guó jiè

國境線、國門、治國、國計民生、國人、國庫、
guó jìng xiàn　guó mén　zhì guó　guó jì mín shēng　guó rén　guó kù

國力、國泰民安、國旗、國歌、國慶、全國
guó lì　guó tài mín ān　guó qí　guó gē　guó qìng　quán guó

新國王即位
xīn guó wáng jí wèi

6359_012

哈拉國的老國王過世，兒子小哈即位成為國家的
hā lā guó de lǎo guó wáng guò shì，ér zi xiǎo hā jí wèi chéng wéi guó jiā de

新領袖。他決心要革新一下，讓國內和國外人士都有
xīn lǐng xiù。tā jué xīn yào gé xīn yí xià，ràng guó nèi hé guó wài rén shì dōu yǒu

面目一新的感覺。
miàn mù yì xīn de gǎn jué

首先，他花費了大筆軍費增強國防①力量，派軍
shǒu xiān，tā huā fèi le dà bǐ jūn fèi zēng qiáng guó fáng lì liang，pài jūn

隊四處出征，擴大了國土範圍，更改了國界②；他在國
duì sì chù chū zhēng，kuò dà le guó tǔ fàn wéi，gēng gǎi le guó jiè；tā zài guó

境線上派重兵駐守國門③，嚴防外敵侵入。治國方
jìng xiàn shàng pài zhòng bīng zhù shǒu guó mén，yán fáng wài dí qīn rù。zhì guó fāng

面，小哈國王很關心國計民生④，他啟用了聖賢管
miàn，xiǎo hā guó wáng hěn guān xīn guó jì mín shēng，tā qǐ yòng le shèng xián guǎn

理各項事務，扶助工農發展生產，鼓勵百姓創業
lǐ gè xiàng shì wù，fú zhù gōng nóng fā zhǎn shēng chǎn，gǔ lì bǎi xìng chuàng yè

自立，國人的收入增加了，國庫也充裕了，國力自
zì lì，guó rén de shōu rù zēng jiā le，guó kù yě chōng yù le，guó lì zì

然就大大提高，國泰民安，人人過上了好日子。
rán jiù dà dà tí gāo，guó tài mín ān，rén rén guò shàng le hǎo rì zi

然後，小哈國王翻新了皇宮和所有的民宅，規
rán hòu，xiǎo hā guó wáng fān xīn le huáng gōng hé suǒ yǒu de mín zhái，guī

我會接龍

祖國 → 國寶 → 寶貝 → 貝類動物 → 物體 →
zǔ guó → guó bǎo → bǎo bèi → bèi lèi dòng wù → wù tǐ →

dìng le guó qí　　guó gē hé guó qìng de rì zi　　měi féng guó qìng　　quán guó rén mín
定了國旗、國歌和國慶的日子。每逢國慶，全國人民

rè liè qìng zhù　　sān hū　xiǎo hā guó wáng wàn suì
熱烈慶祝，三呼：小哈國王萬歲！

注：

① **國防**：國家為了保衞自己的領土主權，防備
　　　　外來侵略而擁有的人力、物力和軍力。

② **國界**：相鄰國家領土的分界線。

③ **國門**：這裏指邊境。

④ **國計民生**：國家經濟和人民生活。

語文遊戲

1. 選詞填空

　　　　國外　　國手　　國家　　國際象棋

　　幾位（　　　　　　）的高手聚集在這裏加強訓練，
他們將代表（　　　　　）到（　　　　　　）去比賽，
人們稱他們是象棋（　　　　　　）。

2. 除了故事中的詞語之外，請再寫出五個「國」字開頭的詞
語。

_____

_____

tǐ xíng　　xíng zhuàng　　zhuàng tài　　tài du　　dù jià
體形 → 形狀 → 狀態 → 態度 → 度假

zhuān
專
shí yī huà
（十一畫）

zhuān xīn zhì zhì	zhuān yè	zhuān jiā	zhuān mén	zhuān fǎng

專心致志、專業、專家、專門、專訪、

zhuān chéng	zhuān tí	zhuān cháng	zhuān zhù	zhuān yè rén shì

專程、專題、專長、專注、專業人士

6359_013

gē ge de lǐ xiǎng
哥哥的理想

哥哥中學畢業了，近來他專心致志①地在準備大學的入學考試。

晚飯的時候，媽媽問哥哥：「你選定了什麼專業②？」

哥哥還沒回答，爸爸搶先說：「我們還是希望你攻讀電腦、法律或者醫學，學一門專業知識，將來做個這方面的專家！」

哥哥低聲說：「我的興趣在文科，我想讀新聞系，將來當一名新聞記者，專門報道國內外大事。記者能專訪③一些名人傑士，跑遍世界各地專程去採訪重大事件，回來寫專題文章……這不是很有意義的

我會接龍

zhuān zhí　　zhí yè　　yè wù jīng lǐ　　lǐ niàn　　niàn xiǎng
專職 → 職業 → 業務經理 → 理念 → 念想 →

30

ma
嗎？」

bà ba zhòu zhe méi tou shuō　　dāng yì míng xīn wén jì zhě　　nà shì méi yǒu
爸爸皺着眉頭說：「當一名新聞記者，那是沒有

shén me zhuān cháng de a
什麼專長的啊。」

gē ge huí dá shuō　　wǒ xiāng xìn zhǐ yào
哥哥回答說：「我相信只要

zhuān zhù zuò hǎo zì jǐ de shì yè　　jiù shì yì míng
專注做好自己的事業，就是一名

zhuān yè rén shì　　háng háng chū zhuàng yuán ma
專業人士④。行行出狀元嘛！」

wǒ zhōng xīn xī wàng gē ge néng shí xiàn zì jǐ
我衷心希望哥哥能實現自己

de lǐ xiǎng
的理想。

注：
① 專心致志：一心一意，集中精神。
② 專業：高等學校裏根據科學分工把學業分成的門類。
③ 專訪：只就某個問題或對某個人進行採訪。
④ 專業人士：專門從事某種工作或職業的人。

尋找近義詞並連線。

專心　　專門　　專家　　專長　　專稿

特長　　行家　　專注　　特稿　　特地

xiǎng niàn　　niàn tou　　tóu zhòng jiǎo qīng　　qīng sōng　　sāng xiè
想念 → 念頭 → 頭重腳輕 → 輕鬆 → 鬆懈

qiáng shǒu　qiáng liè　　qiáng xiàng　shēn qiáng tǐ zhuàng　qiáng jiàn
強 手 、強 烈 、 強 項 、身 強 體 壯 、 強 健 、

qiáng dà　　qiáng zhuàng　　qiǎng jìng　jiān qiáng　　qiáng ruò
強 大 、 強 壯 、 強 勁 、堅 強 、 強 弱

6359_014

bǐ wǔ dà huì
比武大會

hǔ wáng jué dìng jǔ xíng yí cì bǐ wǔ dà huì　xuǎn chū lín zhōng de qiáng shǒu
虎王決定舉行一次比武大會，選出林中的強手①。

xiāo xi chuán chū hòu　　fǎn yìng hěn qiáng liè　　dòng wù men gè gè mó quán cā
消息傳出後，反應很強烈。動物們個個摩拳擦

zhǎng　　gè zì liàn xí zì jǐ de qiáng xiàng
掌，各自練習自己的強項②。

bǐ sài kāi shǐ　　xiān yóu dà xióng hé huā bào jìn xíng shuāi jiāo bǐ sài　　dà xióng suī
比賽開始，先由大熊和花豹進行摔跤比賽。大熊雖

rán shēn qiáng tǐ zhuàng　dàn shì shēn shǒu bú gòu líng huó　　bài zài le huā bào shǒu xià
然身強體壯，但是身手不夠靈活，敗在了花豹手下。

jiē zhe shì dà xiàng hé hé mǎ jìn xíng bá shù bǐ sài　　qiáng jiàn de hé mǎ yòng
接着是大象和河馬進行拔樹比賽。強健的河馬用

lì bá qǐ le yì kē dà shù　　kě shì tǐ xíng qiáng dà de dà xiàng bǐ tā gèng qiáng
力拔起了一棵大樹，可是體型強大的大象比他更強

zhuàng　　zhǐ yòng bí zi yì juǎn　　jiù qīng ér yì jǔ de bǎ dà shù lián gēn bá dǎo zài
壯，只用鼻子一捲，就輕而易舉地把大樹連根拔倒在

dì
地。

zuì hòu shì líng yáng hé liè gǒu de bǐ sài　　suī rán gāng yì chū shǒu　　líng
最後是羚羊和獵狗的比賽。雖然剛一出手，羚

yáng de jǐng xiàng jiù bèi qiǎng jìng de liè gǒu yǎo zhù　　dàn shì tā hěn jiān qiáng　jiān
羊的頸項就被強勁③的獵狗咬住，但是他很堅強，堅

我會接龍

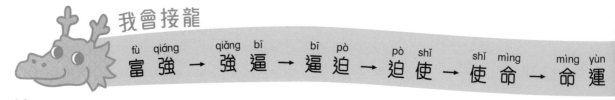

fù qiáng　　　qiǎng bī　　　　bī pò　　　　pò shǐ　　　shǐ mìng　　　mìng yùn
富 強 → 強 逼 → 逼 迫 → 迫 使 → 使 命 → 命 運

chí yòng jiān lì de shuāng jiǎo dǐng zhù liè gǒu de tóu tí zi měng tī liè gǒu xià bàn
持用尖利的 雙 角頂住獵狗的頭，蹄子猛踢獵狗下半

shēn shuāng fāng jiāng chí bú xià zhōng yú bèi xuān pàn wéi dǎ chéng píng shǒu
身。 雙 方僵持不下，終於被宣判為打成平手。

zuì hòu hǔ wáng xuān bù bù fēn
最後虎王宣布：不分

qiáng ruò shū yíng dà jiā dōu shì hǎo shǒu
強 弱輸贏，大家都是好手。

注：
① 強手：水準高、能力強的人。
② 強項：指實力較強的競爭項目。
③ 強勁：強而有力的。

語文遊戲 ✏️

1. 為成語填空

　　a. 富國 （　　）（　　）　　　b. 強弩 （　　）（　　）

　　c. 強人 （　　）（　　）　　　d. 強詞 （　　）（　　）

2. 用下面詞語造句。

　　a. 堅強 ＿＿＿＿＿＿＿＿＿＿＿＿＿＿＿＿＿

　　b. 強壯 ＿＿＿＿＿＿＿＿＿＿＿＿＿＿＿＿＿

yùn qì qì tǐ tǐ gé qiáng zhuàng zhuàng dà
→ 運氣 → 氣體 → 體格 強 壯 → 壯大

dé
得 一
shí yī huà
（十一畫）

dé yì wàng xíng　　dé tiān dú hòu　　dé shǒu　qǔ dé　　dé yì
得意忘形、得天獨厚、得手、取得、得意、

dé xīn yìng shǒu　yáng yáng dé yì　　bù dé rén xīn　　dé zuì
得心應手、洋洋得意、不得人心、得罪、

dé bù cháng shī　　dé shī
得不償失、得失

6359_015

dé yì wàng xíng de hóng hè
得意忘形①的紅鶴

hóng hè dé tiān dú hòu　　　shēng yǒu yì shuāng yòu xì yòu cháng de jiǎo　fāng
紅鶴得天獨厚②，生有一雙又細又長的腳，方

biàn tà rù hé shuǐ zhōng mì shí　　tā hái yǒu piào liang de hóng tóu dǐng　hǎo xiàng dài
便踏入河水中覓食；他還有漂亮的紅頭頂，好像戴

zhe yì dǐng jīng zhì de xiǎo hóng mào
着一頂精緻的小紅帽。

duō kuī le zhè shuāng cháng jiǎo　měi cì hóng hè zài hé li xún zhǎo shí wù
多虧了這雙長腳，每次紅鶴在河裏尋找食物，

zǒng néng dé shǒu　cì cì qǔ dé mǎn yì de chéng jì　tā hěn dé yì　cháng cháng
總能得手，次次取得滿意的成績。他很得意，常常

xiàng qí tā dòng wù xuàn yào　　ā ha　jīn tiān wǒ dé xīn yìng shǒu　zhuā dào
向其他動物炫耀：「啊哈，今天我得心應手③，抓到

hǎo duō yú　chī de tài bǎo le　jiǎn zhí yào chēng sǐ le　　kě shì tā cóng lái
好多魚，吃得太飽了，簡直要撐死了！」可是他從來

bù bǎ duō yú de shí wù fēn gěi tóng bàn men
不把多餘的食物分給同伴們。

tā duì zì jǐ de xiǎo hóng mào yě yáng yáng dé yì　zǒng shì yáo tóu huàng nǎo
他對自己的小紅帽也洋洋得意，總是搖頭晃腦

de xiǎn bai　　hái cháng cháng cháo xiào bié rén chǒu lòu　tā de xíng wéi hěn bù dé rén
地顯擺，還常常嘲笑別人醜陋。他的行為很不得人

xīn　dé zuì le hěn duō xiǎo dòng wù
心，得罪了很多小動物。

我會接龍

dé dàng　　　dāng rán　　　rán hòu　　　hòu lái　　　lái lì　　　lì shǐ
得當 → 當然 → 然後 → 後來 → 來歷 → 歷史

^{yǒu yí cì} ^{tā xuān chēng yào zǒu dào dà hé qù zhǎo gèng féi de dà yú}
有一次，他宣稱要走到大河去找更肥的大魚

^{chī} ^{dòng wù men dōu jǐng gào tā nà li shuǐ shēn wēi xiǎn qù nà li zhǎo yú shì}
吃。動物們都警告他那裏水深危險，去那裏找魚是

^{dé bù cháng shī} ^{de shì} ^{yào héng liáng}
得不償失④的事，要衡量

^{dé shī} ^{kě shì tā bù tīng quàn gào}
得失。可是他不聽勸告，

^{jié guǒ yí qù bù huí} ^{jiāo ào hài le}
結果一去不回，驕傲害了

^{tā zì jǐ}
他自己。

注：

① **得意忘形**：形容淺薄的人稍稍得志，
就高興得控制不住自己。

② **得天獨厚**：獨具特殊優越的條件，或是指所處的環境特別好。

③ **得心應手**：心裏怎麼想，手就能怎麼做，形容運用自如。

④ **得不償失**：得到的抵不上失去的。

為成語配對並連線。

得心	忘形
洋洋	償失
得不	獨厚
得意	應手
得天	得意

^{shǐ shī} ^{shī gē} ^{gē sòng} ^{sòng cí}
→ 史詩 → 詩歌 → 歌頌 → 頌詞

qíng
情 —
shí yī huà
（十一畫）

bìng qíng　háo bù zhī qíng　zāi qíng　qíng kuàng　qíng jǐng　qíng cāo
病情、毫不知情、災情、情況、情景、情操、

qīn qíng　yǒu qíng　yì qíng
親情、友情、疫情

6359_016

shā shì yí yì
沙士一役

nián zài zhōng guó fā xiàn le yì míng shā shì bìng rén　qǐ chū yī shēng
2002 年在中國發現了一名沙士病人，起初醫生

yǐ wéi shì pǔ tōng fèi yán huàn zhě　bìng qíng bù yán zhòng　hòu lái què zhěn zhè shì yì
以為是普通肺炎患者，病情不嚴重。後來確診這是一

zhǒng fēi diǎn xíng fèi yán　yě jí　shā shì　chuán rǎn xìng qiáng　yī hù rén
種非典型肺炎（也即「沙士」），傳染性強。醫護人

yuán duì bìng yīn hé fáng zhì fāng fǎ háo bù zhī qíng
員對病因和防治方法毫不知情①。

nián　yuè　shā shì zài xiāng gǎng shè qū dà bào fā　hòu lái shèn zhì
2003 年 3 月，沙士在香港社區大爆發，後來甚至

kuò sàn dào dōng nán yà hé quán qiú　zāi qíng bú duàn kuò dà　qíng kuàng yuè lái yuè
擴散到東南亞和全球。災情不斷擴大，情況越來越

zāo　shā shì shì jiàn zài xiāng gǎng gòng zào chéng　rén sǐ wáng　bāo kuò　míng gōng
糟。沙士事件在香港共造成 299 人死亡，包括 6 名公

lì yī yuàn yī hù rén yuán
立醫院醫護人員。

quán gǎng yī hù rén yuán hé shì mín dōu qí xīn hé lì yǔ shā shì bó dòu　chū
全港醫護人員和市民都齊心合力與沙士搏鬥，出

xiàn hěn duō gǎn rén de qíng jǐng　yī hù rén yuán bú gù zì jǐ ān wēi jī jí zhì liáo
現很多感人的情景：醫護人員不顧自己安危積極治療

bìng rén　yǐ zhì zì jǐ shòu dào gǎn rǎn shèn zhì xiàn chū shēng mìng　biǎo xiàn chū gāo
病人，以致自己受到感染甚至獻出生命，表現出高

我會接龍

rè qíng　qíng miàn　miàn wú biǎo qíng　qíng fèn　fēn míng
熱情 → 情面 → 面無表情 → 情分 → 分明

shàng de yī zhě qíng cāo
尚 的醫者情操②；

qīn yǒu zhī jiān hù xiāng guān xīn
親友之間互相關心，

suī rán shēn bèi gé
雖然身被隔

lí xīn líng què xiāng jìn le
離，心靈卻相近了。

rén men zài cǐ shí gèng tǐ huì dào qīn qíng yǒu qíng
人們在此時更體會到親情、友情

de kě guì
的可貴。

zhèng shì gè fāng miàn de nǔ
正 是各方面的努

lì sì ge duō yuè hòu yì qíng
力，四個多月後，疫情

cái jiàn jiàn bèi xiāo miè
才漸漸被消滅。

注：
① **毫不知情**：一點兒也不知道情況。
② **情操**：由感情和思想綜合起來的，不輕易改變的心理狀態。

語文遊戲

填空成句

毫不知情　　病情　　情不自禁　　實情

小王的父親突然中風，（　　　　　）嚴重。遠
在他鄉的小王（　　　　　）。後來從同鄉那裏知道了
（　　　　　），（　　　　　）地抱頭痛哭。

míng huàng huàng huǎng yǎn yǎn bú jiàn wéi jìng jìng zhòng
→ 明 晃 晃 → 晃 眼 → 眼 不 見 為 淨 → 淨 重

jiē
接 —
shí yī huà
（十一畫）

jiē sòng　jiē tì　jiē jìn　mó jiān jiē zhǒng　jiē èr lián sān
接送、接替、接近、摩肩接踵、接二連三、

yíng jiē　jiē shòu　jiē zhe
迎接、接受、接着

6359_017

我不是小公主！
wǒ bú shì xiǎo gōng zhǔ

小芬每天由媽媽接送，今天媽媽有事，奶奶接替
xiǎo fēn měi tiān yóu mā ma jiē sòng　jīn tiān mā ma yǒu shì　nǎi nai jiē tì

她來校。奶奶很高興，因為這樣她就有機會接近小芬，
tā lái xiào　nǎi nai hěn gāo xìng　yīn wèi zhè yàng tā jiù yǒu jī huì jiē jìn xiǎo fēn

聽她講學校的趣事。
tīng tā jiǎng xué xiào de qù shì

三點半一到，摩肩接踵①的人羣湧進狹窄的通
sān diǎn bàn yí dào　mó jiān jiē zhǒng de rén qún yǒng jìn xiá zhǎi de tōng

道，進入校門。一個個班級的學生被老師帶了出來，
dào　jìn rù xiào mén　yí gè gè bān jí de xué sheng bèi lǎo shī dài le chū lai

接二連三②地被接走。
jiē èr lián sān de bèi jiē zǒu

小芬看見在門口迎接她的是奶奶，高興得跳了起
xiǎo fēn kàn jiàn zài mén kǒu yíng jiē tā de shì nǎi nai　gāo xìng de tiào le qǐ

來，她喜歡和奶奶聊天。「啊呀，你的書包太重了，
lai　tā xǐ huan hé nǎi nai liáo tiān　ā ya　nǐ de shū bāo tài zhòng le

讓我拿吧！」奶奶說。「不，媽媽要我自己背回家，不
ràng wǒ ná ba　nǎi nai shuō　bù　mā ma yào wǒ zì jǐ bēi huí jiā　bú

讓我做小公主。」小芬說。
ràng wǒ zuò xiǎo gōng zhǔ　xiǎo fēn shuō

「我看你就是個小公主，在家飯來張口衣來伸
wǒ kàn nǐ jiù shì ge xiǎo gōng zhǔ　zài jiā fàn lái zhāng kǒu yī lái shēn

我會接龍

接連 → 連接 → 接獲 → 獲得 → 得力助手 →
jiē lián　lián jiē　jiē huò　huò dé　dé lì zhù shǒu

手。」奶奶故意逗她。

小芬不能接受這個「稱號」：「不，我在家幫媽媽做很多事呢：掃地、疊被、摺衣……吃完飯接着就抹桌子！我不是小公主！」

奶奶笑了：「對，你不是小公主，你是個好孩子！」

注：
① **摩肩接踵**：肩碰肩、腳碰腳，形容人很多，很擁擠。
② **接二連三**：一個接着一個，形容接連不斷。

語文遊戲

填字成句

接力賽　　　接二連三　　　接近

　　我參加了四人（　　　　　），跑第三棒。但是當第二棒選手（　　　　）我的時候，我起步太早，接力棒掉在地上。我拾起再跑，但其他選手（　　　　）從我身邊飛奔而過，最後，我們失敗了！

手腳並用 → 用處 → 處方 → 方法 → 法辦

tuī
推 —
shí yī huà
（十一畫）

| tuī chóng | tuī guǎng | tuī lǐ | tuī dòng | tuī cè | tuī suàn | tuī fān |
| 推崇、 | 推廣、 | 推理、 | 推動、 | 推測、 | 推算、 | 推翻、 |

tuī bō zhù lán　　tuī dǎo
推波助瀾、推倒

6359_018

哥白尼的「地動説」
gē bái ní de 「dì dòng shuō」

二千多年前，中世紀的基督教推崇①「地心説」，
èr qiān duō nián qián，zhōng shì jì de jī dū jiào tuī chóng　dì xīn shuō

認為地球是不動的，是宇宙的中心。教會把這學説推
rèn wéi dì qiú shì bú dòng de，shì yǔ zhòu de zhōng xīn　jiào huì bǎ zhè xué shuō tuī

廣發展，控制了歐洲一千多年。
guǎng fā zhǎn，kòng zhì le ōu zhōu yì qiān duō nián

出生於波蘭的哥白尼得到良師指導，對天文學產
chū shēng yú bō lán de gē bái ní dé dào liáng shī zhǐ dǎo，duì tiān wén xué chǎn

生了興趣，更學會了用實證和推理②的方法探索學
shēng le xìng qù，gèng xué huì le yòng shí zhèng hé tuī lǐ de fāng fǎ tàn suǒ xué

問。當時有些天文學家開始批評「地心説」，推動了天
wen　dāng shí yǒu xiē tiān wén xué jiā kāi shǐ pī píng　dì xīn shuō　tuī dòng le tiān

文學研究。
wén xué yán jiū

哥白尼用自己製作的儀器長期觀測星象，推測
gē bái ní yòng zì jǐ zhì zuò de yí qì cháng qī guān cè xīng xiàng　tuī cè

行星運行軌道、推算日月蝕規律等，根據這些資料他
xíng xīng yùn xíng guǐ dào　tuī suàn rì yuè shí guī lǜ děng　gēn jù zhè xiē zī liào tā

推斷「地心説」是錯誤的，寫出了《天體運行論》。這
tuī duàn　dì xīn shuō　shì cuò wù de　xiě chū le　tiān tǐ yùn xíng lùn　zhè

本偉大的著作推翻了以前錯誤的觀點，指出地球不是
běn wěi dà de zhù zuò tuī fān le yǐ qián cuò wù de guān diǎn　zhǐ chū dì qiú bú shì

我會接龍

類推 → 推敲 → 敲敲打打 → 打擊樂器
lèi tuī　tuī qiāo　qiāo qiāo dǎ dǎ　dǎ jī yuè qì

^{yǔ zhòu de zhōng xīn} 宇宙的中心，^{dì qiú hé xíng xīng yǐ bù tóng de sù dù gòng tóng rào zhe tài} 地球和行星以不同的速度共同繞着太

^{yáng yùn dòng jiào huì dà nù yì xiē zōng jiào jiā tuī bō zhù lán dà lì pēng} 陽運動。教會大怒，一些宗教家推波助瀾③，大力抨

^{jī shuō zhè shì xié shuō yì duān dàn shì} 擊說這是邪說異端。但是，

^{zuì zhōng dì dòng shuō tuī dǎo le miù} 最終「地動説」推倒了謬

^{wù wéi shì rén suǒ jiē shòu} 誤，為世人所接受。

注：

① **推崇**：十分重視和推舉。

② **推理**：由一個或幾個已知的判斷，推
出新判斷的過程。

③ **推波助瀾**：比喻促使或助長壞事物的
發展，使擴大影響。

語文遊戲

成語填空

a. 推陳（　　）（　　）　　　　b. 推誠（　　）（　　）

c. 推三（　　）（　　）　　　　d. 推（　　）及（　　）

e. 推（　　）置（　　）　　　　f. 推（　　）助（　　）

→ ^{qì zhòng} 器重 → ^{zhòng liàng jí} 重量級 → ^{jí bié} 級別 → ^{bié ren} 別人 → ^{rén jiā} 人家

jiào
教 —
shí yī huà
（十一畫）

jiā jiào　jiào yǎng　jiào yù　jiào xué　jiào cái　yīn cái shī jiào
家教、教養、教育、教學、教材、因材施教、

jiào shī　guǎn jiào　jiào dǎo　yán jiào　shēn jiào
教師、管教、教導、言教、身教

6359_019

xiè ān jiào zǐ
謝安教子

dōng jìn míng shì xiè ān chū shēn míng mén jiā tíng　cóng xiǎo shòu dào liáng hǎo jiā
東晉名士謝安出身名門家庭，從小受到良好家

jiào　tā de sī wéi mǐn ruì shēn kè　jǔ zhǐ chén zhuó zhèn dìng　fēng dù yōu yǎ yǒu
教，他的思維敏銳深刻，舉止沉着鎮定，風度優雅有

lǐ　yì jǔ yí dòng cháng cháng bèi rén men fǎng xiào
禮，一舉一動常常被人們仿效。

xiè ān de fū rén yě shì gè zhī shū shí lǐ　hěn yǒu jiào yǎng de fù nǚ
謝安的夫人也是個知書識禮、很有教養①的婦女，

tā cháng cháng zài jiā qīn zì jiào yù zǐ nǚ　tā zì xuǎn gǔ shū jiào xué　hái zì
她常常在家親自教育子女。她自選古書教學，還自

biān jiào cái　yīn cái shī jiào　xiè ān chēng zàn tā shì tiān xià dì yī hǎo jiào
編教材，因材施教②。謝安稱讚她是天下第一好教

shī
師。

xiè fū rén wèn xiè ān　nǐ zhè dāng bà ba de　zěn me cóng lái méi jiàn
謝夫人問謝安：「你這當爸爸的，怎麼從來沒見

guò nǐ guǎn jiào hái zi
過你管教孩子？」

xiè ān hā hā dà xiào　nǐ méi kàn jian ma　wǒ cháng cháng zài jiào dǎo
謝安哈哈大笑：「你沒看見嗎？我常常在教導

tā men a
他們啊！」

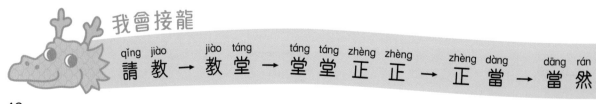

我會接龍

qǐng jiào　jiào táng　táng táng zhèng zhèng　zhèng dàng　dāng rán
請教 → 教堂 → 堂堂正正 → 正當 → 當然

謝夫人不明白：「這話是什麼意思？」

謝安解釋說：「言教③不如身教④。我在家很注意自己的一言一行，孩子們看在眼裏記在心裏，父親的行動就是孩子們的榜樣啊！」

謝夫人這才恍然大悟。他們的孩子果真個個像父親，學問淵博、溫文爾雅，成為有識之士。

注：
① **教養**：指一般文化和品德的修養。
② **因材施教**：針對學習的人的能力、性格、志趣具體情況施行不同的教育。
③ **言教**：用講說的方式教育、開導人。
④ **身教**：用自己的行動做榜樣影響別人。

語文遊戲

以下的詞語中每個字都能與「教」搭配成詞，請把它們寫出來。

教

養/育　　指/導　　學/士　　訓/練　　宗/派

→ 然而 → 而且 → 且慢 → 慢慢吞吞

qīng
清 ——
shí yī huà
（十一畫）

| qīng zǎo | qīng sǎo | qīng xǐng | qīng míng jié | qīng xīn | qīng fēng xú lái |
清早、清掃、清醒、清明節、清新、清風徐來、

| shén qīng qì shuǎng | qīng cuì | qīng chè | qīng xiāng | qīng lǐ |
神清氣爽 、清脆、清澈、清香、清理

6359_020

qīng míng sǎo mù
清明掃墓

yé ye yí dà qīng zǎo jiù qǐ chuáng le　tā àn lì xiān qīng sǎo tíng yuàn
爺爺一大清早就起牀了，他按例先清掃①庭院，

dǎ le yí tào tài jí quán rán hòu bǎ dà jiā jiào xǐng
打了一套太極拳，然後把大家叫醒。

wǒ hái shuì de mí mí hū hū de　méi qīng xǐng guò lai　wèn yé ye
我還睡得迷迷糊糊的，沒清醒過來，問爺爺：

jīn tiān nǐ wèi shén me qǐ de zhè yàng zǎo ya
「今天你為什麼起得這樣早呀？」

jīn tiān shì qīng míng jié　wǒ dài nǐ men shàng shān qù sǎo mù　yé
「今天是清明節②，我帶你們上山去掃墓。」爺

ye shuō
爺說。

hǎo a　wǒ xǐ huan shàng shān wán　yì gū lu qǐ chuáng le
好啊，我喜歡上山玩，一骨碌起牀了。

yì jiā rén yán zhe shān lù wǎng shàng zǒu　shān li shù mù cōng yù　kōng qì
一家人沿着山路往上走。山裏樹木葱鬱，空氣

qīng xīn　qīng fēng xú lái　chuī de rén rén shén qīng qì shuǎng　xiǎo niǎo ér
清新，清風徐來③，吹得人人神清氣爽④。小鳥兒

sān sān liǎng liǎng zài lín jiān fēi xiáng　fā chū qīng cuì de jiào shēng shān lù yòu cè yǒu
三三兩兩在林間飛翔，發出清脆的叫聲。山路右側有

yì tiáo xiǎo xī　hé shuǐ qīng chè jiàn dǐ　bù shí jiàn dào làn màn de shān huā　fā
一條小溪，河水清澈見底。不時見到爛漫的山花，發

我會接龍

lěng qīng　　qīng jìng　　jìng qiāo qiāo　　qiāo qiāo huà　　huà yǔ
冷清 → 清靜 → 靜悄悄 → 悄悄話 → 話語 →

chū yōu yōu de qīng xiāng shān shang de fēng jǐng zhēn shì tài měi le
出幽幽的清香。山上的風景真是太美了！

dào dá mù dì hòu wǒ men qīng lǐ le mù bēi shang de chén tǔ sǎo zǒu le
到達墓地後，我們清理了墓碑上的塵土，掃走了

luò yè yòng hóng qī bǎ mù bēi shang de zì chóng xīn xiě qīng chu zài bǎi shàng xiāng
落葉，用紅漆把墓碑上的字重新寫清楚，再擺上香

zhú hé gòng pǐn xiàng xiān rén sān jū gōng zhì jìng
燭和供品，向先人三鞠躬致敬。

qīng míng sǎo mù yě shì yí cì pá
清明掃墓，也是一次爬

shān jiāo yóu de hǎo jī huì
山郊遊的好機會。

注：

① 清掃：徹底掃除。

② 清明節：二十四節氣之一，在 4 月 4、5、
或 6 日，民間習慣在這天掃墓。

③ 清風：涼爽的風。

④ 神清氣爽：頭腦清醒，心中清爽愉快。

語文遊戲

選詞填空

清水　　清洗　　清除　　清爽　　清涼　　清潔

　　夏天到來之前，爺爺都要（　　）家中的冷氣機。
他用（　　）把隔塵網（　　）乾淨，再（　　）
每個角落的塵土。這樣冷氣機送出的冷風更（　　），
家中的空氣就更（　　）了。

yǔ qì qì liàng liàng lì ér xíng xíng wéi wéi rén
語氣 → 氣量 → 量力而行 → 行為 → 為人

shēn
深 —
shí yī huà
（十一畫）

shēn jū jiǎn chū　　shēn hǎi　　shēn chóu dà hèn　　jiàn shi shēn guǎng
深居簡出、深海、深仇大恨、見識深廣、

shēn móu yuǎn lǜ　　shēn wù tòng jué　　shēn xìn　　shēn kǒng　　shēn rù
深謀遠慮、深惡痛絕、深信、深恐、深入

6359_021

lóng zǐ qǔ lóng nǚ
龍子娶龍女

dōng hǎi lóng wáng shēn jū jiǎn chū　　　　zhěng tiān zuò zài shēn hǎi de lóng gōng
東海龍王深居簡出①，整天坐在深海的龍宮

li　 guǎn lǐ zhe huáng gōng shì wù
裏，管理着皇宮事務。

　　yí rì　　xiā bīng qì jí bài huài qián lái bào gào shuō　　　　dà wáng　　bù hǎo
一日，蝦兵氣急敗壞前來報告説：「大王，不好

le　　lóng zǐ fú chū hǎi miàn yóu wán　　bèi xī hǎi lóng bīng lǔ zǒu le
了，龍子浮出海面遊玩，被西海龍兵擄走了！」

　　lóng wáng dà nù　　lì jí yào qīn zì shuài lǐng xiè jiàng xiā bīng chū zhēng　　yí bào
龍王大怒，立即要親自率領蟹將蝦兵出征，一報

ài zǐ bèi lǔ de shēn chóu dà hèn
愛子被擄的深仇大恨②。

　　lóng wáng shēn páng de lóng xiā dà chén jiàn shi shēn guǎng　　yí xiàng yù shì néng
龍王身旁的龍蝦大臣見識深廣，一向遇事能

shēn móu yuǎn lǜ　　quàn yù dào　　　　dà wáng mò jí　　xī hǎi lóng wáng de zuò fǎ
深謀遠慮③，勸喻道：「大王莫急，西海龍王的做法

dí què lìng rén shēn wù tòng jué　　　　dàn shì xī hǎi duì wǒ men yí guàn yǒu hǎo　　wèi hé
的確令人深惡痛絕④，但是西海對我們一貫友好，為何

yǒu cǐ yì jǔ　　dài wǒ xiān qù liǎo jiě qīng chu zài zuò xíng dòng
有此一舉？待我先去了解清楚再作行動。」

　　lóng wáng shēn xìn zhè wèi lǎo chén de zhōng xīn　　dàn shēn kǒng tā shēn rù dí fāng
龍王深信這位老臣的忠心，但深恐他深入敵方

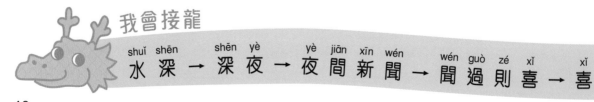

我會接龍

shuǐ shēn　　　shēn yè　　　yè jiān xīn wén　　　wén guò zé xǐ　　　xǐ lè
水深 → 深夜 → 夜間新聞 → 聞過則喜 → 喜樂

<ruby>有<rt>yǒu</rt></ruby><ruby>危<rt>wēi</rt></ruby><ruby>險<rt>xiǎn</rt></ruby>，<ruby>便<rt>biàn</rt></ruby><ruby>派<rt>pài</rt></ruby><ruby>兩<rt>liǎng</rt></ruby><ruby>員<rt>yuán</rt></ruby><ruby>大<rt>dà</rt></ruby><ruby>將<rt>jiàng</rt></ruby><ruby>陪<rt>péi</rt></ruby><ruby>同<rt>tóng</rt></ruby><ruby>前<rt>qián</rt></ruby><ruby>往<rt>wǎng</rt></ruby>。

<ruby>原<rt>yuán</rt></ruby><ruby>來<rt>lái</rt></ruby><ruby>是<rt>shì</rt></ruby><ruby>西<rt>xī</rt></ruby><ruby>海<rt>hǎi</rt></ruby><ruby>龍<rt>lóng</rt></ruby><ruby>王<rt>wáng</rt></ruby><ruby>聽<rt>tīng</rt></ruby><ruby>聞<rt>wén</rt></ruby><ruby>東<rt>dōng</rt></ruby><ruby>海<rt>hǎi</rt></ruby><ruby>龍<rt>lóng</rt></ruby><ruby>子<rt>zǐ</rt></ruby><ruby>英<rt>yīng</rt></ruby><ruby>俊<rt>jùn</rt></ruby><ruby>有<rt>yǒu</rt></ruby><ruby>為<rt>wéi</rt></ruby>，<ruby>想<rt>xiǎng</rt></ruby><ruby>把<rt>bǎ</rt></ruby>

<ruby>女<rt>nǚ</rt></ruby><ruby>兒<rt>ér</rt></ruby><ruby>嫁<rt>jià</rt></ruby><ruby>給<rt>gěi</rt></ruby><ruby>他<rt>tā</rt></ruby>，<ruby>所<rt>suǒ</rt></ruby><ruby>以<rt>yǐ</rt></ruby><ruby>派<rt>pài</rt></ruby><ruby>兵<rt>bīng</rt></ruby><ruby>來<rt>lái</rt></ruby><ruby>東<rt>dōng</rt></ruby><ruby>海<rt>hǎi</rt></ruby><ruby>接<rt>jiē</rt></ruby><ruby>龍<rt>lóng</rt></ruby><ruby>子<rt>zǐ</rt></ruby>。<ruby>他<rt>tā</rt></ruby><ruby>們<rt>men</rt></ruby><ruby>在<rt>zài</rt></ruby><ruby>海<rt>hǎi</rt></ruby><ruby>面<rt>miàn</rt></ruby><ruby>相<rt>xiāng</rt></ruby>

<ruby>遇<rt>yù</rt></ruby>，<ruby>來<rt>lái</rt></ruby><ruby>不<rt>bu</rt></ruby><ruby>及<rt>jí</rt></ruby><ruby>告<rt>gào</rt></ruby><ruby>知<rt>zhī</rt></ruby><ruby>龍<rt>lóng</rt></ruby><ruby>王<rt>wáng</rt></ruby><ruby>就<rt>jiù</rt></ruby><ruby>把<rt>bǎ</rt></ruby><ruby>龍<rt>lóng</rt></ruby>

<ruby>子<rt>zǐ</rt></ruby><ruby>接<rt>jiē</rt></ruby><ruby>走<rt>zǒu</rt></ruby><ruby>了<rt>le</rt></ruby>。<ruby>結<rt>jié</rt></ruby><ruby>果<rt>guǒ</rt></ruby><ruby>是<rt>shì</rt></ruby><ruby>龍<rt>lóng</rt></ruby><ruby>子<rt>zǐ</rt></ruby><ruby>娶<rt>qǔ</rt></ruby><ruby>了<rt>le</rt></ruby>

<ruby>龍<rt>lóng</rt></ruby><ruby>女<rt>nǚ</rt></ruby>，<ruby>皆<rt>jiē</rt></ruby><ruby>大<rt>dà</rt></ruby><ruby>歡<rt>huān</rt></ruby><ruby>喜<rt>xǐ</rt></ruby>。

注：

① 深居簡出：平日總在家裏呆着，很少出門。

② 深仇大恨：極深極大的仇恨。

③ 深謀遠慮：周密地計劃，往長遠考慮。

④ 深惡痛絕：厭惡、痛恨到極點。

語文遊戲

成語配對並連線。

深謀	深淵
深居	遠慮
深入	簡出
深思	熟慮
萬丈	淺出

<ruby>樂<rt>lè</rt></ruby><ruby>觀<rt>guān</rt></ruby> → <ruby>觀<rt>guān</rt></ruby><ruby>察<rt>chá</rt></ruby> → <ruby>察<rt>chá</rt></ruby><ruby>看<rt>kàn</rt></ruby> → <ruby>看<rt>kàn</rt></ruby><ruby>守<rt>shǒu</rt></ruby> → <ruby>守<rt>shǒu</rt></ruby><ruby>球<rt>qiú</rt></ruby><ruby>門<rt>mén</rt></ruby>

lǐ
理—
shí yī huà
（十一畫）

lǐ zhí qì zhuàng   dào lǐ   lǐ cǎi   chǔ lǐ   lǐ suǒ dāng rán
理直氣壯 、道理、理睬、處理、理所當然、

lǐ yīng   wú lǐ qǔ nào   lǐ qū cí qióng   lǐ kuī
理應、無理取鬧、理屈詞窮、理虧

6359_022

tāo luó pàn àn
淘籮判案

jiē shì shang de zhà yóu pù hé zá huò pù shì lín jū   liǎng jiā píng rì cháng lái
街市上的榨油舖和雜貨舖是鄰居，兩家平日常來

wǎng
往。

yǒu yì tiān   lǐ lǎo bǎn zài zá huò pù kàn jiàn yí ge tāo luó   shuō
有一天，李老闆在雜貨舖看見一個淘籮，說：

yí   zhè shì wǒ jiā de tāo luó   nǐ shàng cì jiè zǒu méi huán
「咦，這是我家的淘籮，你上次借走沒還。」

wáng lǎo bǎn shuō   zhè shì wǒ men jiā de tāo luó   wǒ méi xiàng nǐ jiè
王老闆說：「這是我們家的淘籮，我沒向你借

guo
過。」

lǐ lǎo bǎn lǐ zhí qì zhuàng de shuō   míng míng shì nǐ cóng wǒ diàn li jiè
李老闆理直氣壯①地說：「明明是你從我店裏借

zǒu de   zěn me chéng le nǐ de ne   méi dào lǐ de
走的，怎麼成了你的呢，沒道理的！」

liǎng rén zhēng zhí bú xià   qì de duō rì hù bù lǐ cǎi   lǐ lǎo bǎn qǐng le
兩人爭執不下，氣得多日互不理睬。李老闆請了

jiē shì huáng zhǔ rèn lái chǔ lǐ zhè shì
街市黃主任來處理這事。

huáng zhǔ rèn xiào xī xī de shuō   ràng tāo luó zì jǐ lái pàn àn
黃主任笑嘻嘻地說：「讓淘籮自己來判案！」

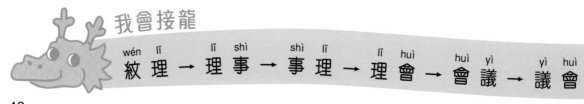

我會接龍

wén lǐ   lǐ shì   shì lǐ   lǐ huì   huì yì   yì huì
紋理 → 理事 → 事理 → 理會 → 會議 → 議會

他拿起一根木棒用力敲打淘籮，幾分鐘後，地上落下了一些黑芝麻。黃主任説：「大家看，這理所當然②是榨油舖的淘籮啊，理應歸還給李老闆。王老闆，你別無理取鬧③了。」

理屈詞窮④的王老闆自知理虧，只得向李老闆賠禮道歉。

注：
① **理直氣壯**：理由充分，因而説話有氣勢。
② **理所當然**：從道理上説應當這樣。
③ **無理取鬧**：毫無理由地跟人吵鬧，故意搗亂。
④ **理屈詞窮**：理由已被駁倒，無話可説。

語文遊戲

尋找近義詞並連線。

理應	辦理	理智	理所當然	有條有理

明智	理該	處理	有條不紊	理當如此

→ 會客 → 客人 → 人言可畏 → 畏懼

xiàn jīn　xiàn kuǎn　xiàn qián　xiàn chǎng　xiàn shí　xiàn xíng
現金、現款、現錢、現場、現實、現形、

xiàn shí　xiàn xíng　xiàn shēn shuō fǎ
現時、現行、現身說法

6359_023

tí kuǎn jī fēng bō
提款機風波

lǐ xiānsheng lái jǐng shǔ bào àn　　　　　　wǒ de xiàn jīn gěi rén ná zǒu la
李先生來警署報案：「我的現金給人拿走啦！」

tā gāng cái zài shāng chǎng gòu wù　　fā xiàn xiàn kuǎn　bú gòu　　dào jiē shang
他剛才在商場購物，發現現款①不夠，到街上

yí ge zì dòng tí kuǎn jī nà li tí kuǎn　　tā dǎ le mì mǎ hé jīn é　　gāng hǎo
一個自動提款機那裏提款。他打了密碼和金額，剛好

shǒu jī xiǎng le　　　　tā qǔ chū shǒu jī zhàn zài yì biān dá fù lái diàn　zhuǎn yǎn zhī
手機響了，他取出手機站在一邊答覆來電，轉眼之

jiān　　　tí kuǎn jī li tǔ chū de xiàn qián bú jiàn le
間，提款機裏吐出的現錢不見了。

jǐng chá hé tā yì qǐ dào le xiàn chǎng　　　tí kuǎn jī méi shén me yì cháng
警察和他一起到了現場②。提款機沒什麼異常，

kàn lái shì bèi rén sī zì ná zǒu le
看來是被人私自拿走了。

jǐng chá guān chá le sì zhōu shuō　　　zhè li yǒu yí bù shè xiàng tóu　　yīng gāi
警察觀察了四周說：「這裏有一部攝像頭，應該

shè xià le dāng shí de xiàn shí qíng kuàng
攝下了當時的現實情況。」

jǐng chá diào kàn le shè xià de yǐng piān　　guǒ rán　　zuì fàn xiàn xíng　le
警察調看了攝下的影片，果然，罪犯現形③了——

lǐ xiānsheng shēn hòu yí ge zhōng nián rén chèn tā bú bèi　　qǔ zǒu le qián
李先生身後一個中年人趁他不備，取走了錢。

我會接龍

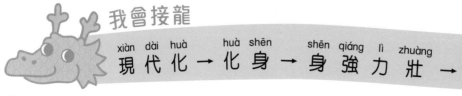

xiàn dài huà　　　huà shēn　　　shēn qiáng lì zhuàng　　zhuàng hàn
現代化 → 化身 → 身強力壯 → 壯漢 →

警察說：「要找到這個偷竊者，需要時間。你自己要吸取教訓，現時④這樣的現行小偷不少呢，是你的疏忽給了他作案的機會。」

李先生後悔莫及，以後每次提款時都現身說法，提醒人們不要粗心大意。

注：

① 現款：可以當時交付的貨幣，即現金。

② 現場：發生案件或事故的場所及當時的狀況。

③ 現形：顯露原形。

④ 現時：現在、當前。

 語文遊戲

圈出可與「現」字搭配成詞的字。

現

時 / 間　今 / 明　印 / 象　代 / 替　任 / 務　保 / 存

漢族 → 族長 → 長老 → 老師 → 師長 → 長輩

shèng
盛
shí yī huà
（十一畫）

nián qīng qì shèng　shèng yù　shèng chuán　shèng zàn　shèng dà
年輕氣盛、盛譽、盛傳、盛讚、盛大、

shèng diǎn　shèng qì líng rén　shèng qíng nán què　shèng zhuāng
盛典、盛氣凌人、盛情難卻、盛裝、

shèng kuàng　wàng shèng　shèng míng
盛況、旺盛、盛名

6359_024

shèng　yù　ér　guī
盛譽而歸

wáng dà gāng shì　yì míng qīng nián jǔ zhòng yùn dòng yuán　tā nián qīng qì shèng
王大剛是一名青年舉重運動員，他年輕氣盛①、

gàn jìn shí zú　xùn liàn de hěn kè kǔ　suǒ yǐ chéng jì tí gāo de hěn kuài　zhè
幹勁十足，訓練得很刻苦，所以成績提高得很快。這

cì tā cān jiā guó jiā duì qù wài guó bǐ sài　dé le gè jīn pái　mǎn zài shèng yù
次他參加國家隊去外國比賽，得了個金牌，滿載盛譽②

ér guī
而歸。

tā de jiā xiāng shèng chuán tā de dé jiǎng xiāo xi　rén rén shèng zàn dà gāng
他的家鄉盛傳他的得獎消息，人人盛讚大剛

shì jiā xiāng de hǎo ér zi　xiāng zhǎng wèi huān yíng tā huí xiāng　tè yì jǔ bàn yí ge
是家鄉的好兒子。鄉長為歡迎他回鄉，特意舉辦一個

shèng dà　de qìng gōng dà huì　dà gāng běn bù xiǎng chū xí zhè zhǒng shèng diǎn　tā
盛大的慶功大會。大剛本不想出席這種盛典，他

bìng bú shì dé jiǎng hòu shèng qì líng rén　ér shì yīn wèi yí xiàng wéi rén dī diào
並不是得獎後盛氣凌人③，而是因為一向為人低調，

bù xiǎng dà sì xuān chuán　dàn shì xiāng qīn men de shèng qíng nán què　tā jiù hé jiā
不想大肆宣傳。但是鄉親們的盛情難卻④，他就和家

rén shèng zhuāng chū xí
人盛裝出席。

nà tiān de shèng kuàng lìng rén nán wàng　shì diàn shì tái xiàn chǎng zhuǎn bō　jì
那天的盛況令人難忘：市電視台現場轉播、記

我會接龍

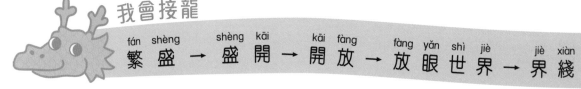

fán shèng　　shèng kāi　　kāi fàng　　fàng yǎn shì jiè　　jiè xiàn
繁盛 → 盛開 → 開放 → 放眼世界 → 界綫

zhě cǎi fǎng　xiāng zhǎng bān fā jiǎng jīn　　ér tóng xiàn huā
者採訪、鄉長頒發獎金、兒童獻花……

　　　　dà gāng zhì cí shí zhōng xīn gǎn xiè xiāng qīn men duì tā de gǔ lì yǔ zhī chí
　　大剛致辭時衷心感謝鄉親們對他的鼓勵與支持。

tā zài xīn li àn àn fā shì　　jīn hòu yào jiā bèi
他在心裏暗暗發誓：今後要加倍

nǔ lì　　chèn zì jǐ jīng lì wàng shèng shí tí gāo
努力，趁自己精力旺盛時提高

shuǐ zhǔn　　bǎi chǐ gān tóu gèng jìn yí bù　　bú
水準，百尺竿頭更進一步，不

yào shèng míng zhī xià qí shí nán fù　　a
要「盛名之下其實難副」啊！

注：
① **年輕氣盛**：這裏指年紀很輕，精力旺盛。
② **聲譽**：很大的榮譽。
③ **盛氣凌人**：傲慢的氣勢逼人。
④ **盛情難卻**：深厚的情意很難退卻。

語文遊戲 ✏️

尋找近義詞並連線。

盛服　　盛年　　盛暑　　盛意　　盛行　　旺盛

壯年　　酷暑　　盛裝　　興盛　　盛情　　流行

xiàn suǒ　　suǒ qǔ　　qǔ zhī yǒu dào　　dào jiào　　jiào yù
→線索→索取→取之有道→道教→教育

yǎn
眼 —
shí yī huà
（十一畫）

dà kāi yǎn jiè　　yǎn jìng　　yǎn jing　　yǎn shén　　yǎn zhēng zhēng
大開眼界、眼鏡、眼睛、眼神、眼睜睜、

yì zhuǎn yǎn　　yǎn qián　　qīn yǎn　　yǎn huā liáo luàn　　zhǎ yǎn
一轉眼、眼前、親眼、眼花繚亂、眨眼、

yǎn zhū　　yǎn jí shǒu kuài
眼珠、眼疾手快

6359_025

kàn mó shù biǎo yǎn
看魔術表演

bà ba dài wǒ qù kàn shì jiè jí dà shī wēi lián de mó shù biǎo yǎn　　zhēn ràng wǒ
爸爸帶我去看世界級大師威廉的魔術表演，真讓我

dà kāi yǎn jiè
大開眼界①！

wēi lián dài zhe yí fù shēn sè yǎn jìng　　yǒu shí zhāi xià yǎn jìng duì guān zhòng
威廉戴着一副深色眼鏡，有時摘下眼鏡對觀眾

shuō huà　　zhǐ jiàn tā de liǎng zhī yǎn jing jiǒng jiǒng yǒu shén　　wǒ jué de tā de yǎn shén
說話，只見他的兩隻眼睛炯炯有神，我覺得他的眼神

hěn tè bié　　yǒu yì zhǒng shén mì de gǎn jué
很特別，有一種神秘的感覺。

tā biǎo yǎn de jǐ ge jié mù dōu ràng rén gǎn dào bù kě sī yì　　wǒ men yǎn
他表演的幾個節目都讓人感到不可思議，我們眼

zhēng zhēng　　de wàng zhe tā bǎ yí ge huó rén qiē chéng sān duàn yòu fù yuán　　zuān rù
睜睜②地望着他把一個活人切成三段又復原，鑽入

mù bù de mó shù shī yì zhuǎn yǎn zài guān zhòng xí hòu mian chū xiàn　　jìn rù guì
幕布的魔術師一轉眼在觀眾席後面出現，進入櫃

zhōng de nǚ zhù shǒu què biàn chéng le yí ge lǎo tóu chū xiàn zài yǎn qián　　yào bu
中的女助手卻變成了一個老頭出現在眼前……要不

shì qīn yǎn suǒ jiàn　　zhēn bù xiāng xìn zhè shì zhēn de　　tā hái biǎo yǎn le yì xiē xiǎo
是親眼所見，真不相信這是真的。他還表演了一些小

mó shù　　guān zhòng men dōu kàn de yǎn huā liáo luàn　　wǒ cóng tóu dào wěi bù gǎn zhǎ
魔術，觀眾們都看得眼花繚亂③。我從頭到尾不敢眨

我會接龍

quán yǎn　　yǎn sè　　sè cǎi　　cǎi sè　　sè xiāng wèi jù quán
泉眼 → 眼色 → 色彩 → 彩色 → 色香味俱全 —

眼，深怕錯過了他的動作，看得我眼珠都酸了。

我問爸爸：「這麼神奇的表演，他是怎麼做到的呀？」

爸爸說：「魔術師主要靠眼疾手快④，那是要下大功夫的。這是一門大藝術啊。」

注：

① **大開眼界**：看到美好的或新奇珍貴的事物，增加了見識。

② **眼睜睜**：睜着眼睛，形容發呆、沒辦法或無動於衷。

③ **眼花繚亂**：眼睛看見複雜紛繁的東西而感到迷亂。

④ **眼疾手快**：形容動作敏捷，做事快。

語文遊戲

為成語填空

a. 眼花（　　）（　　）　　b. 大開（　　）（　　）

c. 眼疾（　　）（　　）　　d. （　　）明手（　　）

e. 一（　　）眼（　　）　　f. 眼高（　　）（　　）

全心全意 → 意外 → 外國 → 國家 → 家庭

tōng
通 —
shí yī huà
（十一畫）

tōng xíng　bā dá tōng　tōng guò　jiāo tōng　tōng yòng　pǔ tōng
通行、八達通、通過、交通、通用、普通、

tōng cháng　sì tōng bā dá
通常、四通八達

6359_026

fāng biàn de bā dá tōng kǎ
方便的八達通卡

biǎo dì cóng xiāng xia lái xiāng gǎng wán　jiàn dào wǒ men dā chē chéng chuán dōu
表弟從鄉下來香港玩，見到我們搭車乘船都

yòng yì zhāng kǎ zhǐ　dū　yí xià jiù tōng xíng　dà wéi jīng yà　wèn wǒ
用一張卡紙「嘟」一下就通行，大為驚訝，問我：

zhè shì shén me qián ya
「這是什麼錢呀？」

wǒ xiàng tā jiě shì　zhè jiào bā dá tōng kǎ　shì fù le qián mǎi de
我向他解釋：「這叫八達通卡，是付了錢買的，

lǐ miàn chǔ cún zhe yí dìng de jīn é　zhǐ yào zài yǒu zhè zhǒng chéng sè biāo zhì de
裏面儲存着一定的金額，只要在有這種橙色標誌的

jī qì shang pāi yí xià　lǜ dēng yí liàng jiù shì tōng guò le　jiù kòu le qián　qǐ
機器上拍一下，綠燈一亮就是通過了，就扣了錢。起

chū zhǐ yòng zài chéng dā jiāo tōng gōng jù shí　xiàn zài dào shāng diàn gòu wù　dào sù
初只用在乘搭交通工具時，現在到商店購物、到速

shí diàn chī fàn　hěn duō dì fang dōu tōng yòng le
食店吃飯……很多地方都通用①了。」

biǎo dì tīng de hěn xīng fèn　nà me wǒ men lái lǚ yóu de wài dì rén yě
表弟聽得很興奮：「那麼我們來旅遊的外地人也

néng yòng ma
能用嗎？」

kě yǐ ya　zhè zhāng jiù shì wǒ tì nǐ mǎi de　tā fēn pǔ tōng chéng
「可以呀，這張就是我替你買的。它分普通成

我會接龍

chuàn tōng　　tōng gào　　gào sù　　sù qiú　　qiú rén bù rú qiú jǐ
串通 → 通告 → 告訴 → 訴求 → 求人不如求己

rén kǎ　zhǎng zhě yōu huì kǎ hé xiǎo tóng kǎ xué sheng kǎ　tōng cháng wǒ men rén shǒu
人卡、長者優惠卡和小童卡學生卡。通常我們人手

yì zhāng　shí shí dài zài shēn shang　qù nǎr　dōu fāng biàn　sì tōng bā dá　suǒ
一張，時時帶在身上，去哪兒都方便，四通八達②，所

yǐ jiào bā dá tōng ya
以叫八達通呀！」

zhēn yǒu yì si　biǎo dì
「真有意思！」表弟

zàn tàn dào
讚歎道。

注：
① 通用：在一定範圍內普遍使用。
② 四通八達：四面八方都可以到達，
　　　　　　　形容交通非常便利。

語文遊戲

1. 尋找近義詞並連線。

　　通信　　通告　　通往　　通曉　　通暢　　通宵

　　暢通　　通向　　通訊　　整夜　　通知　　精通

2. 除了故事中的詞語之外，試再寫出五個帶有「通」字的詞
　　語。

_____

chuàng
創 —
shí èr huà
（十二畫）

chuàng yì　chuàng xīn　chuàng bàn　chuàng lì　chuàng yè
創 意、 創 新、 創 辦、 創 立、 創 業、

chuàng jiàn　chuàng jǔ　kāi chuàng
創 建、 創 舉、 開 創

6359_027

mǎ yún chuàng yè
馬雲創業

zhōng guó shǒu fù mǎ yún shì yí ge qí tè de rén wù
中 國 首 富 馬 雲 是 一 個 奇 特 的 人 物。

tā shēn cái ǎi xiǎo　zhǎng xiàng guài yì　dàn yōng yǒu wěi dà de zhì xiàng　tóu
他 身 材 矮 小， 長 相 怪 異， 但 擁 有 偉 大 的 志 向， 頭

nǎo jí fù chuàng yì　shì yè shang yí zài chuàng xīn　tā de míng yán shì
腦 極 富 創 意①， 事 業 上 一 再 創 新②。 他 的 名 言 是：

yào shàn yú fā huī zì jǐ de yōu diǎn　zhǐ yǒu yī kào zì shēn de nǔ lì hé fèn
要 善 於 發 揮 自 己 的 優 點， 只 有 依 靠 自 身 的 努 力 和 奮

dòu　cái néng shí xiàn zì shēn de jià zhí
鬥， 才 能 實 現 自 身 的 價 值。

tā yì shēng jīng shòu guò hěn duō cuò zhé　dàn tā xiào duì rén shēng　yì zhí
他 一 生 經 受 過 很 多 挫 折， 但 他 笑 對 人 生， 一 直

nǔ lì　tā chuàng bàn fān yì shè kāi shǐ zì jǐ de shì yè　chuàng lì wǎng lù gōng
努 力。 他 創 辦 翻 譯 社 開 始 自 己 的 事 業， 創 立 網 路 公

sī zhuàn dào dì yī tǒng jīn　nián tā kāi shǐ le xīn yì lún de chuàng yè
司 賺 到 第 一 桶 金。 1999 年 他 開 始 了 新 一 輪 的 創 業，

chuàng jiàn ā lǐ bā bā wǎng zhàn　huò dé guó jì tóu zī　nián kāi shǐ xīng
創 建 阿 里 巴 巴 網 站， 獲 得 國 際 投 資。 2003 年 開 始 興

bàn wǎng shàng gòu wù zhè yí dà chuàng jǔ　nián yuè ā lǐ bā bā jí
辦 網 上 購 物 這 一 大 創 舉③。 2014 年 9 月 阿 里 巴 巴 集

tuán zài niǔ jiāo suǒ zhèng shì shàng shì　gǔ shì dà zhǎng　tā de cái fù chāo guò le
團 在 紐 交 所 正 式 上 市， 股 市 大 漲， 他 的 財 富 超 過 了

我會接龍

kāi chuàng　chuàng kān　kān wù　wù yǒu suǒ zhí　zhí dé
開 創 → 創 刊 → 刊 物 → 物 有 所 值 → 值 得

lǐ jiā chéng 李嘉誠，chéng wéi yà zhōu shǒu fù成為亞洲首富。

mǎ yún guān xīn mín shēng 馬雲關心民生，tuī dòng xīn kē jì推動新科技。zuì jìn最近，tā xuān bù zài他宣布在

gǎng chéng lì shí yì yuán qīng nián chuàng yè 港成立十億元青年創業

jī jīn bìng lái gǎng yǔ nián qīng rén fēn xiǎng 基金，並來港與年輕人分享

chuàng yè xīn dé gǔ lì tā men yǒu mù biāo 創業心得，鼓勵他們有目標

yǒu xìn xīn kāi chuàng xīn tiān dì 有信心開創④新天地。

注：

① **創意**：想出新方法、新理念的思想。

② **創新**：拋開舊的，創造新的。

③ **創舉**：從來沒有過的舉動或事業。

④ **開創**：開始建立。

語文遊戲

選字填空

創意　　創造力　　創刊號　　創辦　　創業

兄弟倆決心（　　　　），湊錢（　　　　）了一

家雜誌社，出版了一期（　　　　），內容和形式都很

有（　　　　），充分發揮了他們的（　　　　）。

dé yì yì chu chǔ lǐ lǐ xué jiā jiā yè
→ 得益 → 益處 → 處理 → 理學家 → 家業

bào
報 —
shí èr huà
（十二畫）

bào xiào　bào guó　bào chóu xuě hèn　bào dá　jīng zhōng bào guó
報效、報國、報仇雪恨、報答、精忠報國、

bào míng　bào jié　bào yìng
報名、報捷、報應

6359_028

kàng jīn míng jiàng yuè fēi
抗金名將岳飛

yuè fēi shào nián shí bài shī xué wǔ　néng zuǒ yòu kāi gōng　lì dà wú qióng
岳飛少年時拜師學武，能左右開弓，力大無窮。

tā yì xīn xiǎng bào xiào guó jiā
他一心想報效①國家。

jīn guó dà jǔ jìn gōng sòng guó　yuè fēi mù dǔ jīn rén rù qīn hòu rén mín cǎn
金國大舉進攻宋國，岳飛目睹金人入侵後人民慘

zāo shā hài de qíngxíng　xīn zhōng fèn kǎi　yào cān jūn yǐ shēn bào guó　wèi guó mín
遭殺害的情形，心中憤慨，要參軍以身報國，為國民

bào chóu xuě hèn　dàn shì tā jiā yǒu qī ér　fù qīn yǐ guò shì　mǔ qīn nián
報仇雪恨②。但是他家有妻兒，父親已過世，母親年

mài　yuè fēi xīn xiǎng zì jǐ hái méi yǒu bào dá mǔ qīn yǎng yù zhī ēn　bù rěn xīn
邁。岳飛心想自己還沒有報答母親養育之恩，不忍心

lí jiā
離家。

yuè mǔ shēn míng dà yì　gǔ lì yuè fēi cān jūn　hái zài tā de hòu bèi cì
岳母深明大義，鼓勵岳飛參軍，還在他的後背刺

shàng　jīng zhōng bào guó　sì zì　yuè fēi zhè cái qù bào míng cóng jūn
上「精忠報國③」四字。岳飛這才去報名從軍。

shí duō nián jiān　yuè fēi shuài lǐng yuè jiā jūn yǔ jīn jūn jìn xíng le dà xiǎo shù
十多年間，岳飛率領岳家軍與金軍進行了大小數

bǎi cì zhàn dòu　cì cì bào jié　suǒ xiàng pī mí　jīn bīng shòu dào le yīng yǒu
百次戰鬥，次次報捷④，所向披靡，金兵受到了應有

我會接龍

hēi bǎn bào　bào chóu　chóu xiè　xiè jué　jué shí　shí pǐn
黑板報 → 報酬 → 酬謝 → 謝絕 → 絕食 → 食品

de bào yìng
的報應。

dàn shì hūn yōng de sòng gāo zōng hé jiān chén qín huì què yì xīn xiàng jīn jūn qiú
但是昏庸的宋高宗和奸臣秦檜卻一心向金軍求

hé yòng shí èr dào jīn pái xià lìng yuè fēi tuì bīng bìng yǐ mò xū yǒu de zuì míng shā
和，用十二道金牌下令岳飛退兵，並以莫須有的罪名殺

le tā fù zǐ yuè fēi de yuān àn dào èr shí nián hòu cái bèi píng fǎn rén men yǒng
了他父子。岳飛的冤案到二十年後才被平反，人們永

yuǎn jì niàn zhè wèi jié chū de míng zú yīngxióng
遠紀念這位傑出的名族英雄。

注：
① 報效：為報答對方的恩情而為對方盡力。
② 報仇雪恨：採取行動，打擊仇敵。
③ 精忠報國：極其忠誠地為國家效力。
④ 報捷：報告勝利的消息。

語文遊戲

請將錯字圈出來，並在橫線上寫出正確的字。

　　愛國將士英勇作戰，屢屢報睫，報郊國家；可是

_____

有個叛徒投敵，受到了應得的報因。

_____

pǐn cháng　　cháng xiān　　xiān měi　　měi zhōng bù zú
→ 品嘗 → 嘗鮮 → 鮮美 → 美中不足

tí
提一
shí èr huà
（十二畫）

tí qián	tí gāo	tí bá	tí xǐng	tí shēng	tí chū	tí jiāo
提前、提高、提拔、提醒、提升、提出、提交、

tí xié　tí míng　tí bāo
提攜、提名、提包

6359_029

kě jìng kě ài de bà ba
可敬可愛的爸爸

pèi shān de bà ba shì wèi jiàn zhù shī　　tiān tiān máng dào bàn yè cái huí jiā
佩珊的爸爸是位建築師，天天忙到半夜才回家，

yǒu shí wèi le gǎn rèn wu　　tā hái zài zǎo shang tí qián shàng bān
有時為了趕任務，他還在早上提前上班。

xīng qī rì quán jiā yì qǐ yòng cān shí　　bà ba tí gāo le shēng diào xuān bù
星期日全家一起用餐時，爸爸提高了聲調宣布

hǎo xiāo xi　　tā bèi tí bá　wéi bù mén zhǔ rèn le
好消息：他被提拔①為部門主任了！

yé ye tí xǐng tā　　zhí wèi tí shēng le　　kě bié jiāo ào ya
爺爺提醒他：「職位提升了，可別驕傲呀！」

bà ba shuō　　wǒ bú huì de　　bà ba gōng zuò qín fèn hé rèn zhēn　zhè
爸爸說：「我不會的。」爸爸工作勤奮和認真，這

shì yí guàn de　　tā hái jīng cháng xiàng gōng sī lǐng dǎo tí chū hǎo jiàn yì　gǎi jìn
是一貫的。他還經常向公司領導提出好建議，改進

gōng zuò　　zuì jìn hái tí jiāo le yí fèn jīng cǎi de tóu biāo shū　　shǐ gōng sī duó dé
工作；最近還提交了一份精彩的投標書，使公司奪得

le yí xiàng dà gōng chéng　　bà ba hái rè xīn tí xié　hòu bèi　　tā shǒu xià yì zǔ
了一項大工程。爸爸還熱心提攜②後輩，他手下一組

de nián qīng rén dōu hěn jìng ài tā　　jīn nián tí míng tā wéi gōng sī yōu xiù yuán gōng
的年輕人都很敬愛他，今年提名他為公司優秀員工。

bà ba suī rán zhè me máng　　hái shi hěn guān xīn pèi shān　　zhōu mò cháng cháng
爸爸雖然這麼忙，還是很關心佩珊。周末常常

我會接龍

tí shén　　shén jīng xì tǒng　　　tǒng lǐng　　lǐng xiù　　xiù zi
提神 → 神經系統 → 統領 → 領袖 → 袖子 →

62

dài tā chū qu wán bāng tā zài wǎng shàng chá yuè zī liào zuò zuò yè měi tiān zǎo shang
帶她出去玩,幫她在網上查閱資料做作業。每天早上

bà ba līn zhe tí bāo shàng bān zhī qián zǒng
爸爸拎着提包上班之前,總

bú wàng jiào xǐng pèi shān qǐ chuáng ne
不忘叫醒佩珊起牀呢。

注:
① **提拔**:挑選人員使他擔任更重要的職務。
② **提攜**:在事業上扶植後輩。

語文遊戲

1. 尋找近義詞

   提前　　提綱　　提交　　提醒　　提高　　提問

   提要　　呈交　　提升　　提早　　發問　　提示

2. 填空成句

   小提琴　　提心吊膽　　提早　　提醒

   今天我(　　　　)起牀,因為要參加(　　　　)
   演奏比賽。出門前媽媽(　　　　)我要鎮靜,但是
   我還有些(　　　　)的。

zǐ sūn sūn zi zǐ yè yè sè mí máng máng rán
子孫 → 孫子 → 子夜 → 夜色迷茫 → 茫然

wú
無—
shí èr huà
（十二畫）

wú jiā kě guī　　wú bǐ　　wú gū　　wú zhù　　wú dòng yú zhōng
無家可歸、無比、無辜、無助、無動於衷、

wú nài　　wú wēi bú zhì　　wú shēng wú xī　　wú yí
無奈、無微不至、無聲無息、無疑

6359_030

何姑的好伴侶
hé gū de hǎo bàn lǚ

hé gū zài bào shang dú dào yǒu yì zhī wú jiā kě guī de liú làng māo bèi rén
何姑在報上讀到有一隻無家可歸的流浪貓被人

dú dǎ yí dùn hòu yí qì zài jiē tóu de xiāo xi　　xīn zhōng wú bǐ nán guò　　tā xīn
毒打一頓後遺棄在街頭的消息，心中無比難過。她心

xiǎng māo shì wú gū de　　yě shì wú zhù de　　rén men wèi shén me yào zhè yàng
想：貓是無辜①的，也是無助的，人們為什麼要這樣

wú qíng de duì dài tā ne
無情地對待牠呢？

tā jué de zì jǐ bù néng duì zhè shì wú dòng yú zhōng　　biàn qù lǐng yǎng le
她覺得自己不能對這事無動於衷②，便去領養了

zhè zhī māo
這隻貓。

hé gū bǎ māo ér bào zài huái li　　jiào tā zuò mī mī　　māo ér yī wēi zhe
何姑把貓兒抱在懷裏，叫牠作咪咪。貓兒依偎着

tā　　zhēng zhe yí duì lán lán de yǎn　　shén qíng xiǎn de kě lián yòu wú nài　　hé gū
她，睜着一對藍藍的眼，神情顯得可憐又無奈③，何姑

de xīn dōu yào suì le
的心都要碎了。

hé gū zài kè tīng li wèi mī mī ān pái le yí ge ān lè wō　　měi tiān wú wēi
何姑在客廳裏為咪咪安排了一個安樂窩，每天無微

bú zhì de zhào gù tā　　yǎng hǎo le tā de shāng
不至④地照顧牠，養好了牠的傷。

我會接龍

dà wú wèi　　wèi jù　　jù pà　　pà xiū　　xiū dā dā
大無畏 → 畏懼 → 懼怕 → 怕羞 → 羞答答 →

從此咪咪成了何姑的好朋友。何姑在書房看書，牠就無聲無息地走來，躺臥在何姑腳邊，靜靜地陪着她。早上，牠會上牀來拉開何姑的被，叫她起牀；何姑放工回家，咪咪會把她的拖鞋啣過來……

咪咪無疑成了何姑的最佳伴侶。

注：

① **無辜**：沒有罪。

② **無動於衷**：心裏一點也不受感動。

③ **無奈**：無可奈何，沒有辦法可想。

④ **無微不至**：形容待人非常細心周到。

語文遊戲

成語配對並連線。

無所	如何
無往	之寶
無論	無刻
無時	作為
無價	不勝
從無	到有

答題 → 題目 → 目的 → 的確 → 確實

fā
發
shí èr huà
（十二畫）

fā shì　　fā bǎng　　fā dāi　　fā chóu　　qǐ fā　　fèn fā tú qiáng
發誓、發榜、發呆、發愁、啓發、奮發圖強、

yì qì fèn fā　　zhěng zhuāng dài fā　　fā dǒu
意氣奮發、整裝待發、發抖

6359_031

gē ge kǎo dà xué
哥哥考大學

gē ge jīn nián kǎo dà xué　　kǎo shì qián tā xiàng bà mā fā shì　　zhè cì
哥哥今年考大學。考試前他向爸媽發誓①：「這次

wǒ yí dìng jìn zuì dà de nǔ lì　　kǎo shàng dà xué
我一定盡最大的努力，考上大學！」

gē ge qù nián jiù kǎo le yí cì　　kě shì fā bǎng nà tiān tā huí jiā hòu fā
哥哥去年就考了一次，可是發榜那天他回家後發

dāi le zhěng zhěng yì tiān　　tā luò bǎng le
呆了整整一天——他落榜了。

tā qíng xù dī luò　　mā ma hěn wèi tā fā chóu　　hòu lái bà ba de huà qǐ
他情緒低落，媽媽很為他發愁。後來爸爸的話啓

fā le tā　　shì jiè shang de shì shí yǒu bā jiǔ shì bù rú yì de　　bú yào pà shī
發了他：世界上的事十有八九是不如意的，不要怕失

bài　　shī bài shì chéng gōng zhī mǔ　　zài lái yí cì
敗，失敗是成功之母，再來一次！

xiǎng tōng le zhī hòu　　tā zhèn zuò qǐ lai　　fèn fā tú qiáng　　yì nián nèi
想通了之後，他振作起來，奮發圖強②，一年內

jī hū huā le quán bù jīng lì zài xué xí shang　　rì yè dú shū　　jǐn zhāng bèi zhàn
幾乎花了全部精力在學習上，日夜讀書，緊張備戰。

lín qù kǎo shì shí　　tā yì qì fèn fā　　jīng shén yì yì　　zhǔn bèi hǎo yí qiè bì
臨去考試時，他意氣奮發③，精神奕奕，準備好一切必

yòng pǐn　　hái shū xǐ chuān dài de zhěng zhěng qí qí de　　bà ba shuō　　qiáo nǐ
用品，還梳洗穿戴得整整齊齊的。爸爸說：「瞧你

我會接龍

kāi fā　　fā jué　　jué wù　　wù xìng　　xìng qíng
開發 → 發覺 → 覺悟 → 悟性 → 性情 →

zhěng zhuāng dài fā　　de yàng zi　　jīng shén zhuàng tài bú cuò　　yí dìng chéng gōng
整　裝　待　發④的　樣　子，精　神　狀　態　不　錯，一　定　成　功！」

gē ge duì wǒ men quán jiā rén shuō　　　wǒ zǒu le　　xiè xie bà ba de gǔ
哥　哥　對　我　們　全　家　人　説：「我　走　了，謝　謝　爸　爸　的　鼓

lì　　　tā de shēng yīn yǒu xiē fā dǒu
勵！」他　的　聲　音　有　些　發　抖，

wǒ zhī dào　　tā hěn jī dòng　wǒ xiāng
我　知　道，他　很　激　動。我　相

xìn　tā huì chéng gōng
信，他　會　成　功！

注：

① **發誓**：莊嚴地説出表示決心的話或對
　　　　某事提出保證。

② **奮發圖強**：振作精神，努力自強。

③ **意氣奮發**：形容精神振奮，氣概昂揚。

④ **整裝待發**：整理行裝，準備出發。

 語文遊戲

尋找同義詞

發達　　發覺　　自發　　發動　　分發　　發揮

自動　　發迹　　散發　　動員　　發現　　發揚

qíng yǒu kě yuán　　yuán liàng　　liàng jiě　　jiě jué　　jué dìng
情　有　可　原　→　原　諒　→　諒　解　→　解　決　→　決　定

jié 結
shí èr huà
（十二畫）

jié yuàn　jié shí　jié bàn　jié guǒ　jié jiāo　jié shù　jié lùn
結怨、結識、結伴、結果、結交、結束、結論、

jié hé　jié hūn　jié jú　jié qīn
結合、結婚、結局、結親

6359_032

貓狗朋友
māo gǒu péng you

māo hé gǒu shì shì dài de chóu jiā　　bù zhī dào cóng shén me shí hou kāi shǐ
貓和狗是世代的仇家，不知道從什麼時候開始，

liǎng ge jiā zú jiù jié yuàn le　　yí jiàn miàn jiù nù mù xiāng shì
兩個家族就結怨①了，一見面就怒目相視。

kě shì　　qí jì chū xiàn le　　zài yí ge míng mèi de chūn tiān　jiāo xiǎo líng
可是，奇跡出現了：在一個明媚的春天，嬌小玲

lóng de huā māo xiǎo jiě zài hé biān jié shí le fēng dù piān piān de huáng gǒu xiān sheng　tā
瓏的花貓小姐在河邊結識了風度翩翩的黃狗先生，他

liǎ dōu lái sàn bù kàn huā　　jié bàn ér xíng　　yuè tán yuè tóu jī　　jié guǒ chéng le
倆都來散步看花，結伴而行，越談越投機，結果成了

hǎo péng you
好朋友。

dāng rán la　　liǎng jiā jiā zhǎng dōu bú zàn chéng tā liǎ jié jiāo　　bī zhe tā
當然啦，兩家家長都不贊成他倆結交②，逼着他

men jié shù zhè duàn gǎn qíng
們結束這段感情。

huā māo hé huáng gǒu dōu bù kěn　　tā liǎ tǎo lùn le hěn jiǔ　　jié lùn shì
花貓和黃狗都不肯，他倆討論了很久，結論是：

bú gù jiā zú fǎn duì　　yí dìng yào jié hé zài yì qǐ
不顧家族反對，一定要結合在一起。

kě shì　　shéi tīng shuō guò māo hé gǒu néng jié hūn　　zhè shì wán quán bù kě
可是，誰聽說過貓和狗能結婚？這是完全不可

我會接龍

jié jí　　jí jié　　jié hé　　hé bìng　　bìng lǒng　　lǒng gòng
結集 → 集結 → 結合 → 合併 → 併攏 → 攏共

néng de shì　　liǎng ge jiā zú de zú zhǎng fǎn fù xiàng huā māo hé huáng gǒu bǎi míng zhè
能 的 事。兩 個 家 族 的 族 長 反 覆 向 花 貓 和 黃 狗 擺 明 這

jiàn shì de lì hài guān xì　　tā liǎ bèi shuō fú le
件 事 的 利 害 關 係。他 倆 被 説 服 了。

　　　jié jú hái shi bú cuò de　　suī rán bù néng jié qīn　　　tā liǎ réng shì hǎo
結 局 還 是 不 錯 的：雖 然 不 能 結 親③，他 倆 仍 是 好

péng you　　māo gǒu liǎng gè jiā zú yě yīn cǐ xiāo chú le yuàn hèn　　jiàn lì le yǒu
朋 友，貓 狗 兩 個 家 族 也 因 此 消 除 了 怨 恨，建 立 了 友

yì　　shì qing zǒng suàn yǒu le yí ge
誼。事 情 總 算 有 了 一 個

lìng rén mǎn yì de jié guǒ
令 人 滿 意 的 結 果。

注：

① 結怨：結下仇恨。

② 結交：跟人往來交際，使關係密切。

③ 結親：兩家固定親結婚而成為親戚。

④ 了結：解決、結束。

語文遊戲

填空成句

　　　　結帳　　結束　　了結　　結識　　結果

　　今天的聚會上我（　　　）了很多朋友，聚會

（　　　）的時候大家都爭着（　　　），（　　　）

是用 AA 制解決了問題，（　　　）了「爭端」。

gòng jì　　 jì suàn　　 suàn ji　　 diàn nǎo
→ 共 計 → 計 算 → 算 計 → 電 腦

jìn
進 —
shí èr huà
（十二畫）

jìn qǔ xīn　dé cùn jìn chǐ　jìn gōng　tuī jìn　tǐng jìn　jìn jūn
進取心、得寸進尺、進攻、推進、挺進、進軍、

jìn kǒu　jìn tuì liǎngnán　jìn tuì wéi gǔ
進口、進退兩難、進退維谷

6359_033

jìn tuì wéi gǔ
進退維谷

jiǎ guó de nián qīng guó wáng hěn yǒu jìn qǔ xīn　　zài guó nèi dà lì fā zhǎn
甲國的年青國王很有進取心①，在國內大力發展

shēngchǎn　tí gāo le guó lì　dàn shì tā de yě xīn yuè lái yuè dà　lì liangqiáng
生產，提高了國力。但是他的野心越來越大，力量強

dà zhī hòu jiù xiàng wài kuòzhāng bìng tūn le jǐ ge xiǎoguó zhī hòu dé cùn jìn chǐ
大之後就向外擴張，併吞了幾個小國之後得寸進尺②，

jìn bī lìng yí dà guó yǐ guó
進逼另一大國乙國。

guó wáng pài zhù míng de cháng shèng jiāng jūn huáng jiāng jūn dài bīng jìn gōng yǐ
國王派著名的常勝將軍黃將軍帶兵進攻乙

guó huángjiāng jūn de bù duì jiē lián dǎ le jǐ ge shèngzhàng bǎ jūn duì tuī jìn dào
國。黃將軍的部隊接連打了幾個勝仗，把軍隊推進到

yǐ guóshǒu fǔ fù jìn
乙國首府附近。

yǐ guó de lǐ jiāng jūn chū mǎ wǎn jiù jú miàn tā zǐ xì kàn zuò zhàn dì
乙國的李將軍出馬挽救局面。他仔細看作戰地

tú yán jiū zhàn jú nǐ dìng le yí ge zuò zhàn jì huà
圖，研究戰局，擬定了一個作戰計劃。

tā gù yì jiǎn shǎo le fángshǒu běi mén de jūn duì yǐn yòu jiǎ guó jūn duì xiàng
他故意減少了防守北門的軍隊，引誘甲國軍隊向

běi mén tǐng jìn jiǎ guó jūn duì jìn jūn tú zhōng bì dìngyào jīng guò yí chù liǎngmiàn
北門挺進。甲國軍隊進軍途中必定要經過一處兩面

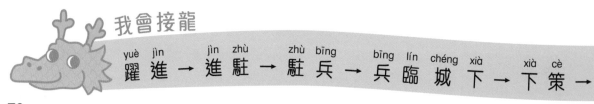

我會接龍

yuè jìn　jìn zhù　zhù bīng　bīng lín chéng xià　xià cè
躍進 → 進駐 → 駐兵 → 兵臨城下 → 下策 →

70

^{shì gāo shān de xiá zhǎi shēn gǔ} 是高山的狹窄深谷，^{lǐ jiāng jūn zài shān gǔ de}李將軍在山谷的^{jìn kǒu hé chū kǒu liǎng}進口和出口兩

^{duān dōu bù zhì le mái fú}端都布置了埋伏，^{děng jiǎ guó jūn duì yí jìn rù shān gǔ}等甲國軍隊一進入山谷，^{jiù liǎng miàn jiā}就兩面夾

^{gōng}攻。^{jiǎ jūn jìn tuì liǎng nán}甲軍進退兩難③，^{fù}腹

^{bèi shòu dí}背受敵，^{quán jūn fù mò huáng jiāng}全軍覆沒。黃將

^{jūn tàn dào}軍歎道：「^{jìn tuì wéi gǔ}進退維谷④，

^{tiān shā wǒ yě}天殺我也！」

注：

① 進取心：努力向前，立志有所作為的
　　　　　心態。

② 得寸進尺：比喻貪得無厭。

③ 進退兩難：進退都不好，形容處境困難。

④ 進退維谷：進退兩難。谷，比喻困難的境地。

 語文遊戲

填空成句

　　　進修　　進取心　　進步　　進度　　進展

　　王媽的文化程度不高，但她很有（　　　），她去
夜校（　　　），學習識字和寫字，她的學習（　　　）
很好，（　　　）很大，不到一年她已經能夠看報了。

^{cè huà}策劃 → ^{huà suàn}划算 → ^{suàn jì}算計 → ^{jì suàn}計算 → ^{suàn shù}算術

kāi
開—
shí èr huà
（十二畫）

| kāi xīn | kāi shè | kāi zhāng | kāi yè chē | kāi mù | kāi yè |
| 開心、 | 開設、 | 開張、 | 開夜車、 | 開幕、 | 開業、 |

kāi chǎng bái　kāi tóu　kāi shǐ　kāi wán xiào　kāi lǎng　kāi xīn guǒ
開場白、開頭、開始、開玩笑、開朗、開心果

6359_034

táng yí kāi shū diàn
唐姨開書店

táng yí shì ge ài shū de wén rén　tā de shì hào jiù shì kàn shū　yì běn xīn
唐姨是個愛書的文人，她的嗜好就是看書，一本新

shū zài shǒu　tā jiù kāi xīn de bù dé liǎo　bú kàn wán bú fàng shǒu
書在手，她就開心得不得了，不看完不放手。

tā yě xǐ huan bǎ hǎo shū jiè shào gěi bié rén kàn　suǒ yǐ tuì xiū zhī hòu
她也喜歡把好書介紹給別人看，所以退休之後，

tā jiù kāi shè le yì jiā shū diàn　zuò shū jí de mǎi mai
她就開設了一家書店，做書籍的買賣。

wèi le shū diàn de kāi zhāng　táng yí zhǔn bèi le hǎo duō tiān　shèn zhì jǐ
為了書店的開張①，唐姨準備了好多天，甚至幾

ge wǎn shang kāi yè chē zhěng lǐ shū jí　tā tiāo xuǎn zuì hǎo de shū bǎi fàng zài diàn
個晚上開夜車整理書籍，她挑選最好的書擺放在店

li
裏。

shū diàn kāi mù de nà tiān rè nao fēi fán　táng yí de ài shū péng you dōu
書店開幕的那天熱鬧非凡。唐姨的愛書朋友都

lái pěng chǎng xiàng tā zhù hè
來捧場，向她祝賀。

táng yí zài kāi yè yí shì de kāi chǎng bái　li shuō　fán shì kāi tóu
唐姨在開業儀式的開場白②裏説：「凡事開頭

nán　wǒ xiāng xìn wǒ de shì yè kāi shǐ zhī hòu　zhǐ yào zì jǐ jiān chí xià qu
難，我相信我的事業開始之後，只要自己堅持下去，

我會接龍

duǒ kāi　kāi kěn　kěn huāng　huāng dǎo　dǎo guó　guó gē
躲開 → 開墾 → 墾荒 → 荒島 → 島國 → 國歌

jiù néngshùn lì　fā zhǎn
就 能 順 利 發 展。」

　　　　yǒu rén kāi wán xiào shuō　 táng yí　ài
　　　　有 人 開 玩 笑 說，唐 姨 愛
shū rú mìng　　tā zhè bèi zi　jiù jià gěi shū diàn
書 如 命，她 這 輩 子 就 嫁 給 書 店
le
了。

　　　　kāi lǎng de táng yí　hā hā dà xiào
　　　　開 朗 的 唐 姨 哈 哈 大 笑。

tā zhēn shì míng fù　qí shí de kāi xīn guǒ
她 真 是 名 副 其 實 的 開 心 果③！

注：
① **開張**：商店等籌備好後開始營業。
② **開場白**：一般活動開始時引入本題的講話。
③ **開心果**：形容自己也常開心，也能使別人開心的人。

語文遊戲

為成語填空

a. 開誠（　　）（　　）　　　b. 開（　　）相（　　）

c. 遍地（　　）（　　）　　　d. 開（　　）見（　　）

e. 開天（　　）（　　）　　　f. 開（　　）節（　　）

gē qǔ　　　qū jiě　　　jiě líng hái xū xì líng rén　　rén lèi
→ 歌 曲 → 曲 解 → 解 鈴 還 須 繫 鈴 人 → 人 類

chuán
傳 —
shísānhuà
（十三畫）

chuán shuō　chuán rǎn bìng　chuán bō　chuán rǎn　chuán méi
傳 說、傳 染 病、傳 播、傳 染、傳 媒、

xuān chuán　chuán dān　chuán yuè　chuán dì　chuán tǒng　chuán shòu
宣 傳、傳 單、傳 閱、傳 遞、傳 統、傳 授

6359_035

yì　cháo　jiàng　dào
疫潮降到

jīn nián chūn jì yǐ lái　bìng dú xìng gǎn mào liú xíng　chéng le běn gǎng de yí
今年春季以來，病毒性感冒流行，成了本港的一

jiàn dà shì　chuán shuō　gè jiā yī yuàn de jí zhěn shì bào mǎn　hòu zhěn yào děng shí
件大事。傳說①各家醫院的急診室爆滿，候診要等十

duō ge xiǎo shí　yào fáng li kǒu zhào hé xiāo dú shuǐ bèi qiǎng gòu yì kōng
多個小時；藥房裏口罩和消毒水被搶購一空。

zhè zhǒng gǎn mào shì yì zhǒng hěn lì hai de chuán rǎn bìng　chuán bō de hěn
這種感冒是一種很厲害的傳染病②，傳播得很

kuài　jǐ ge yuè nèi jiù yǒu jǐ qiān rén bèi chuán rǎn shang　yì bǎi duō rén yī zhì wú
快。幾個月內就有幾千人被傳染上，一百多人醫治無

xiào ér sǐ wáng
效而死亡。

běn gǎng chuán méi　tiān tiān bào dào liú gǎn de zuì xīn xiāo xi　bìng qiě
本港傳媒③天天報道流感的最新消息，並且

xuān chuán yù fáng liú gǎn de duō zhǒng fāng fǎ　sù dǎ yù fáng zhēn　wài chū dài kǒu
宣傳預防流感的多種方法：速打預防針，外出戴口

zhào　huí jiā qín xǐ shǒu　bú qù rén qún yōng jǐ de dì fang
罩，回家勤洗手，不去人羣擁擠的地方……

jiē tóu yǒu hǎo xīn rén pài fā chuán dān gěi rén men chuán yuè　qīn yǒu men zài
街頭有好心人派發傳單給人們傳閱，親友們在

shǒu jī shang yě hù xiāng chuán dì zī xùn　jiè shào fáng zhì liú gǎn de chuán tǒng tǔ
手機上也互相傳遞資訊，介紹防治流感的傳統④土

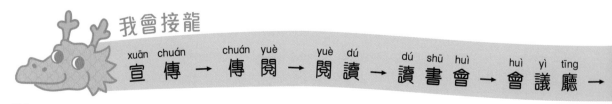

我會接龍

xuān chuán　　chuán yuè　　yuè dú　　dú shū huì　　huì yì tīng
宣傳 → 傳閱 → 閱讀 → 讀書會 → 會議廳 →

^{fāng mì fāng} ^{chuán shòu} ^{yì xiē jiàn shēn cāo}
方秘方，傳授一些健身操……

^{xī wàng yì cháo kuài kuài guò qu} ^{huí fù yí ge jiàn kāng kuài lè de xiāng}
希望疫潮快快過去，回復一個健康快樂的 香

^{gǎng}
港 ！

注：

① **傳說**：羣眾口頭上流傳的關於某人
某事的敍述或某種説法。

② **傳染病**：由病原體傳染引起的疾病。

③ **傳媒**：傳播媒介，特指報紙、廣
播、電視等各種新聞工具。

④ **傳統**：世代相傳、具有特點的社會
因素，如文化、道德、思想、
制度等。

語文遊戲

你會讀嗎？試着讀讀看吧！

　　他特別喜歡看各種傳記，什麼名人自傳、別傳、
外傳，都看得津津有味。古今中外的神話傳說、傳奇、
傳統名著他也愛看，其中最喜歡看《水滸傳》。

^{tīng táng} ^{táng jiě} ^{jiě mèi} ^{mèi fu} ^{fū xù}
廳 堂 → 堂 姐 → 姐 妹 → 妹 夫 → 夫 婿

yì
意 —
shísānhuà
（十三畫）

yì qì fēng fā　　yì wài　　yì liào zhī wài　　yì shí　　cí bù dá yì
意氣風發、意外、意料之外、意識、詞不達意、

yì wèi　　rèn yì　　yì zhì lì　　yì si　　mǎn yì
意味、任意、意志力、意思、滿意

6359_036

jiù　jiu　zhòng　fēng　le
舅舅中風了

mā ma de shǒu jī li chuán lái le huàixiāo xi　　jiā xiāng de jiù jiu zhòngfēng
媽媽的手機裏傳來了壞消息：家鄉的舅舅中風

le
了。

jiù jiu yuán shì gè qiáng zhuàng de rén　　kàn lái jīngshén yì yì　　yì qì fēng
舅舅原是個強壯的人，看來精神奕奕、意氣風

fā　　hái cháng cháng dú zì chū wài lǚ xíng　　tā tū rán diē dǎo zài dì　　yǐn qǐ
發①，還常常獨自出外旅行。他突然跌倒在地，引起

nǎo shuān　zhè shì ge yì wài shì gù　　dàn shì mā ma shuō　　zhè què bú shì chū hū
腦栓，這是個意外事故，但是媽媽說，這卻不是出乎

yì liào zhī wài de shì　　yīn wèi tā yí xiàngxuè yā gāo　　ér qiě yǒu zhòngfēng de yí
意料之外的事，因為他一向血壓高，而且有中風的遺

chuán yīn sù
傳因素。

mù qián tā méi yǒu shēng mìng wēi xiǎn　　shàng yǒu yì shí　　dàn shuō huà bù
目前他沒有生命危險，尚有意識②，但説話不

qīng　　cí bù dá yì　　ér qiě yòu bàn shēn bù néngdòng tan　　zhè yì wèi zhe jiù
清，詞不達意③，而且右半身不能動彈。這意味着舅

jiu jiāngyào zài lún yǐ shang dù rì　　bù néng zài xiàngwǎng rì nà yàng rèn yì zǒu dòng
舅將要在輪椅上度日，不能再像往日那樣任意走動

le
了。

我會接龍

yì yuàn → yuàn yì → yì tú → tú móu → móu lüè → lüè yào
意願 → 願意 → 意圖 → 圖謀 → 謀略 → 略要

mā ma huí xiāng qù tàn wàng le jiù jiu　　huí lai shuō　　jiù jiu zhèng zài jiē
媽媽回鄉去探望了舅舅。回來說，舅舅正在接

shòu wù lǐ zhì liáo　　tā de yì zhì lì hěn qiáng　　rì rì liàn xí zǒu lù　　yǐ
受物理治療，他的意志力很強，日日練習走路，已

néng zhàn lì hòu mài chū jǐ bù　　shuō huà suī rán hán hu
能站立後邁出幾步；說話雖然含糊，

dàn páng rén hái shì néng fēn biàn chū tā yào shuō de yì si
但旁人還是能分辨出他要說的意思。

kāng fù de qíngkuàng hái shi lìng rén mǎn yì de
康復的情況還是令人滿意的。

zhù yuàn jiù jiu zǎo rì xiāo chú zhòng fēng hòu
祝願舅舅早日消除中風後

yí zhèng　　huí fù jiàn kāng
遺症，回復健康！

注：

① **意氣風發**：精神振奮的樣子。

② **意識**：人的頭腦對於客觀物質世界的反映，
　　　　　　是感覺、思維等各種心理過程的總和。

③ **詞不達意**：不能用言詞表達自己的意思。

語文遊戲

成語填空

　　a. 意氣（　　）（　　）　　b. 詞不（　　）意（　　）

　　c. （　　）（　　）相投　　d. （　　）在（　　）外

　　e. （　　）（　　）之中　　f. 出其（　　）（　　）

yào diǎn　　diǎn xin　　xīn shi　　shì tài fā zhǎn
→ 要點 → 點心 → 心事 → 事態發展

gǎn
感 ——
shísānhuà
（十三畫）

gǎn rén　shāng gǎn　gǎn jī tì líng　gǎn xiè　gǎn dòng　gǎn mào
感人、傷感、感激涕零、感謝、感動、感冒、

gǎn tàn　bǎi gǎn jiāo jí　gǎn kǎi wàn fēn　gǎn shòu
感歎、百感交集、感慨萬分、感受

6359_037

hǎo rén hé huài rén
好人和壞人

今天，S市發生了一件既感人又令人傷感①的事。

三個小孩子在河裏嬉戲，一個大浪打來，沖散了他們，孩子們在水裏浮沉，大叫救命。

岸邊的行人都驚呆了。一個年輕人迅速脫了外衣，扔下手提包，毫不猶豫跳下水去。他奮力把三個孩子托起，推向岸邊，自己已經筋疲力盡，好不容易才爬上岸。

孩子家長聞訊趕來，對年輕人感激涕零②，道不盡感謝的話。眾人也為他的自我犧牲精神所感動，紛紛圍上來幫他抹乾，給他披上外衣，囑他別受涼感冒。

我會接龍

měi gǎn　　gǎn xìng　　xìng gǎn　　gǎn guān　　guān chǎng
美感 → 感性 → 性感 → 感官 → 官場 →

可是，年輕人發現他的手提包不見了，裏面有證件、手機、現金……

他感歎一聲：「怎麼有這樣的人！」

旁人也百感交集③，有人感慨萬分④地說道：「從今天這件事感受到人世的複雜：有好人，但也有趁火打劫的壞人。」

注：

① **傷感**：因感觸而悲傷。

② **感激涕零**：因感激而流淚，形容非常感激。

③ **百感交集**：各種各樣的感觸、感慨匯集在一起。

④ **感慨萬分**：有所感觸而深深慨歎。

 語文遊戲

尋找近義詞並連線。

感謝　　感動　　感想　　情感　　感歎　　感悟

感觸　　感情　　感激　　感人　　領悟　　歎息

場面 → 面具 → 具備 → 備用 → 用途

ài
愛 ——
shísānhuà
（十三畫）

ài hù　ài xīn　ài guó　ài hào　kě ài　ài lián　yǒu ài
愛護、愛心、愛國、愛好、可愛、愛憐、友愛、

ài xī　ài wū jí wū
愛惜、愛屋及烏

6359_038

ài wū jí wū
愛屋及烏

gǔ dài yǒu liǎng ge cái zǐ　tā men zhī shū shí lǐ　xiào shùn zhǎng bèi　ài
古代有兩個才子，他們知書識禮，孝順長輩，愛

hù jiā rén　yòu jí jù ài xīn　lè shàn hào shī　gèng kě guì de shì tā liǎ dōu
護家人；又極具愛心，樂善好施。更可貴的是他倆都

jù yǒu ài guó qíng huái
具有愛國情懷。

tā liǎ yòu yǒu gòng tóng de ài hào　cháng zài yì qǐ tán qín xià qí　huī háo
他倆又有共同的愛好，常在一起彈琴下棋，揮毫

zuò shī　qí lè róng róng
作詩，其樂融融。

yí rì　cái zǐ jiǎ zài cái zǐ yǐ jiā de tíng yuàn li sàn bù　hū tīng de
一日，才子甲在才子乙家的庭院裏散步。忽聽得

guā guā de jiào shēng　yì zhī hēi hēi de wū yā fēi guò tā de tóu dǐng　luò zài yǐ jiā
呱呱的叫聲，一隻黑黑的烏鴉飛過他的頭頂，落在乙家

de wū yán xià　yuán lái nà li yǒu yì gè niǎo cháo　cháo li yǒu liǎng zhī xiǎo wū yā áo
的屋簷下。原來那裏有一個鳥巢，巢裏有兩隻小烏鴉嗷

áo dài bǔ
嗷待哺。

cái zǐ jiǎ tàn dào　duō me kě ài de wū yā yì jiā
才子甲歎道：「多麼可愛的烏鴉一家！」

cái zǐ yǐ shuō　rén rén dōu shuō wū yā shì bù xiáng zhī wù　zěn me dào
才子乙説：「人人都説烏鴉是不祥之物，怎麼倒

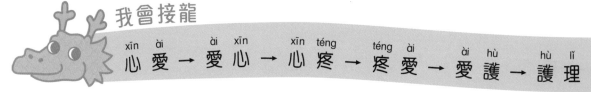

受到了你的愛憐！」

才子甲說：「我們二人相互友愛，你家的一切都

是我所愛惜的！」

才子乙大笑道：

「這不成了愛屋及烏①

嗎？你真是個有情義的

人！」

注：

① 愛屋及烏：比喻愛一個人而連帶地關心到跟
他有關係的人或物。

語文遊戲 ✏

請將錯字圈出來，並在橫線上寫出正確的字。

這是一位極富愛性的老師，對學生十分鐘愛，尤其痛

_____

愛幾個殘疾學生，所以學生和家長都很愛載她。

_____

→ 理工學院 → 院落 → 落榜 → 榜樣

xīn
新一
shísānhuà
（十三畫）

xīn xíng　xīn cháo　xīn yì　xīn yǐng　tuī chén chū xīn　fān xīn
新型、新潮、新意、新穎、推陳出新、翻新、

ěr mù yì xīn　xīn rén　xīn shǒu　xīn láng　xīn niáng　xīn shì
耳目一新、新人、新手、新郎、新娘、新式、

chuàng xīn
創新

6359_039

xiù gū de hūn shā gōng sī
秀姑的婚紗公司

xiù gū xǐ huan fú zhuāng shè jì　　yóu qí xǐ huan gè shì xīn xíng de hūn
秀姑喜歡服裝設計，尤其喜歡各式新型①的婚

shā　tā fù qīn biàn zhī chí tā kāi bàn le yì jiā hūn shā gōng sī
紗，她父親便支持她開辦了一家婚紗公司。

tā hěn tóu rù zì jǐ de zhè xiàng shì yè　měi nián dào guó wài qù guān mó xīn
她很投入自己的這項事業，每年到國外去觀摩新

cháo de hūn shā yàng shì　huí lai jiā rù zì jǐ de xīn yì　shè jì xīn yǐng de
潮②的婚紗樣式，回來加入自己的新意，設計新穎的

kuǎn shì　tā diàn li de hūn shā nián nián tuī chén chū xīn　huā yàng bú duàn fān
款式。她店裏的婚紗年年推陳出新③，花樣不斷翻

xīn　lìng rén yì tà jìn tā de diàn pù
新，令人一踏進她的店舖

jiù yǒu ěr mù yì xīn de gǎn jué
就有耳目一新④的感覺，

suǒ yǐ hěn shòu xīn rén men de huān
所以很受新人們的歡

yíng　méntíng ruò shì
迎，門庭若市。

tā de shì yè bú duàn fā zhǎn
她的事業不斷發展，

yòu kāi le jǐ jiā fēn diàn　rén shǒu bú
又開了幾家分店，人手不

我會接龍

cháng xīn　xīn chūn　chūn jié　jié rì　rì jiǔ tiān cháng
嘗新 → 新春 → 春節 → 節日 → 日久天長 →

gòu qǐng le hǎo jǐ míng xīn shǒu　tā men duì měi yí duì shàngmén de xīn láng hé
夠，請了好幾名新手。他們對每一對上門的新郎和

xīn niáng dōu xī xīn fú wù　liǎo jiě tā men de xū qiú　shè jì zuì xīn shì de hūn
新娘都悉心服務，了解他們的需求，設計最新式的婚

shā lái dǎ ban xīn niáng　rén men chēng zàn zhè shì yì jiā yǒu chuàng xīn jīng shen de hūn
紗來打扮新娘。人們稱讚這是一家有創新精神的婚

shā diàn
紗店。

注：

① **新型**：新的類型、新式。

② **新潮**：事物發展的新趨勢，新的潮流。

③ **推陳出新**：去掉舊事物的糟粕，取其精華，並使它向新的方向發展。

④ **耳目一新**：聽到的、看到的都換了樣子，感到很新鮮。

語文遊戲

1. 成語填空

   a. 推陳（　　）（　　）　　b. 耳目（　　）（　　）

   c. 新（　　）代（　　）　　d. 標（　　）立（　　）

2. 圈出可與「新」字配詞的字。

新

型／號　　高／潮　　鮮／美　　秀／麗　　遠／近　　奇／怪

cháng cǐ yǐ wǎng　　wǎng lái　　lái bīn　　bīn kè　　kè qì
長 此 以 往 → 往 來 → 來 賓 → 賓 客 → 客 氣

zhào
照 ——
shísānhuà
（十三畫）

yī zhào　　zhào māo huà hǔ　　　xīn zhào bù xuān　　zhào yàng
依照、照貓畫虎、心照不宣、照樣、

zhào hú lu huà piáo　　zhào piān　　zhào gù　　zhào bān
照葫蘆畫瓢、照片、照顧、照搬

6359_040

基年學畫
jī nián xué huà

基年自幼年起就很愛畫畫，常常拿起筆依照漫畫
jī nián zì yòu nián qǐ jiù hěn ài huà huà　chángcháng ná qǐ bǐ yī zhào màn huà

本上的圖樣照貓畫虎①，雖然用筆幼稚，但也有幾分
běn shang de tú yàng zhào māo huà hǔ　suī rán yòng bǐ yòu zhì　dàn yě yǒu jǐ fēn

像。
xiàng

爸媽看在眼裏心照不宣，都覺得應該好好培養基
bà mā kàn zài yǎn li xīn zhào bù xuān　dōu jué de yīng gāi hǎo hǎo péi yǎng jī

年，於是就給他報名參加了一個畫班。
nián　yú shì jiù gěi tā bàomíng cān jiā le yí ge huà bān

畫班老師只是在黑板上畫了隻動物或是景物，要
huà bān lǎo shī zhǐ shì zài hēi bǎn shang huà le zhī dòng wù huò shì jǐng wù　yào

學生照樣畫在自己的畫紙上。日子一久，爸媽覺得這
xué sheng zhào yàng huà zài zì jǐ de huà zhǐ shang　rì zi yì jiǔ　bà mā jué de zhè

樣照葫蘆畫瓢②的學畫意義不大，便給他轉了班。
yàng zhào hú lu huà piáo de xué huà yì yì bú dà　biàn gěi tā zhuǎn le bān

新班的老師收集了一些美麗的圖片或照片，分門
xīn bān de lǎo shī shōu jí le yì xiē měi lì de tú piàn huò zhào piān　fēn mén

別類地放在幾本冊子裏，每次讓學生自己挑選喜歡的
bié lèi de fàng zài jǐ běn cè zi li　měi cì ràng xué sheng zì jǐ tiāo xuǎn xǐ huan de

去學着畫。幾位老師分頭在課堂上照顧着學生，教他
qù xué zhe huà　jǐ wèi lǎo shī fēn tóu zài kè tángshang zhào gù zhe xué sheng　jiāo tā

我會接龍

zhào míng　　míng jìng rú jìng　　jìng kuàng　　kuàng jià　　jià kōng
照明 → 明淨如鏡 → 鏡框 → 框架 → 架空 →

men zěn yàng yòng yán sè huà chū míng àn guāng xiàn　　zěn yàng fā huī zì jǐ de chuàng yì
們 怎 樣 用 顏 色 畫 出 明 暗 光 線 ，怎 樣 發 揮 自 己 的 創 意

jiā shàng bèi jǐng　　　yǐ jí zì jǐ xiǎng jiā de jǐng wù　　　jī nián de huà jì dà yǒu jìn
加 上 背 景 ，以 及 自 己 想 加 的 景 物 。基 年 的 畫 技 大 有 進

bù　　　bú shì zhào bān　　yàng bǎn
步 ，不 是 照 搬③ 樣 板 ，

ér shì jí jù chuàng yì le
而 是 極 具 創 意 了 。

注 ：

① **照貓畫虎**：照着貓兒畫老虎，比
　　　　　　　喻照樣模仿，並沒有真
　　　　　　　正理解。

② **照葫蘆畫瓢**：比喻照樣子模仿。

③ **照搬**：照原樣不動地搬用現成的
　　　　　方法、經驗、教材等。

語文遊戲

1. **尋找近義詞並連線。**

依照　　照相　　照舊　　執照　　照看　　照射

牌照　　按照　　拍照　　照樣　　照耀　　照料

2. **試用「照葫蘆畫瓢」造句。**

_____

_____

kōng qì　　　qì liú　　　liú shuǐ bù fǔ　　fǔ làn　　làn ní
空 氣 → 氣 流 → 流 水 不 腐 → 腐 爛 → 爛 泥

6359_041

gǎn rén de rén shī qíng
感人的人獅情

bà ba gěi wǒ men jiǎng le yí ge tā cóng bào zhǐ shang kàn dào de gù shi
爸爸給我們講了一個他從報紙上看到的故事。

mǎ lì shì yí wèi hěn yǒu ài xīn de měi guó fù nǚ yì tiān tā zǒu guò
瑪麗是一位很有愛心的美國婦女。一天，她走過

cóng lín tīng dào lín zhōng shēn chù chuán lái qīng wēi de shēn yín shēng tā xún shēng
叢林，聽到林中深處傳來輕微的呻吟聲。她循聲

zǒu qu jiàn dào yì zhī xiǎo shī zi wú zhù de tǎng dǎo zài dì shang qián zhuǎ liú tǎng
走去，見到一隻小獅子無助地躺倒在地上，前爪流淌

zhe xiān xuè tā de shuāng yǎn qīng chè kě lián bā bā de wàng zhe mǎ lì kě
着鮮血。牠的雙眼清澈，可憐巴巴地望着瑪麗，渴

wàng néng dé dào tā de bāng zhù
望能得到她的幫助。

mǎ lì bào qi xiǎo shī zi huí dào jiā
瑪麗抱起小獅子回到家

li wèi tā qīng xǐ le shāng
裏，為牠清洗了傷

kǒu fū yào bāo zā rán hòu
口，敷藥包紮。然後

tè dì wèi tā zhǔn bèi le yí
特地為牠準備了一

ge shū shì de shuì wō hé yí
個舒適的睡窩和一

tào cān jù měi tiān wèi tā
套餐具，每天為牠

換藥，餵牠吃有營養的食物，對牠照顧得無微不至。

小獅子的傷痊癒了，成了瑪麗的一名家庭成員，鄰居都結識了這位新朋友。瑪麗當教師，教牠玩球和玩耍，每天牠都學到一些富有創意的新鮮的花樣來表演；瑪麗開車外出時牠坐在她身旁，瑪麗回家時牠在門口迎接，幫她拿手提包……牠也有淘氣的時候，有時候會咬破瑪麗心愛的靴子，推倒她辛苦搭起的木柵欄，這時候瑪麗就很生氣，罰牠坐在角落裏，等她的氣消失後才給牠進食。

小獅子一天天長大，瑪麗發現牠變得強壯有力，不能再留在家裏了，要送到專門飼養動物的動物園去。分手時刻到了，瑪麗抱着牠久久不放手，小獅子也含情脈脈地望着瑪麗，捨不得離開。

後來瑪麗搬到海邊的城市去住。初時她還與動物園通信，了解小獅子的情況。過了十多年，當她再次來到這個小鎮時，便去動物園探望牠。

小獅子還在，現在牠已經是一頭大雄獅了。當瑪麗走近獅籠時，起初牠沒有反應，不理睬她。瑪麗不停地注視着牠，漸漸地牠的雙眼放光，原來牠認出了瑪麗！牠高興地低聲吼叫，從籠中伸出兩個前腳似要擁抱她。瑪麗明白了牠的心意，也伸出雙臂與牠相擁，這真是動人的一幕！

語文遊戲答案

1. 原：原先——起初、原意——本意、原由——原因、原理——道理

2. 家：家教、家庭、家訪、家禽、家務

3. 時：時時刻刻、盛極一時、時不可失、時過境遷、時來運轉

4. 氣：1. a.屏氣凝神、b.氣急敗壞、c.氣勢洶洶、d.氣象萬千
   2. 氣勢洶洶、氣焰囂張、氣急敗壞

5. 流：1. 主流——支流、流暢——堵塞、寒流——暖流、流利——結巴、
   流離失所——安居樂業、流芳千古——遺臭萬年
   2. 參考答案：流芳百世、名垂千古、英名永存、名垂青史

6. 消：1. 消退——減退、消受——享受、消耗——減少
   2. 撤銷——恢復、消極——積極、消失——出現

7. 海：1. a.海底撈月、b.大海撈針、c.海市蜃樓、d.海枯石爛
   2. 海島、海內外、海鮮、海邊、海產

8. 特：特徵——特點、特長——擅長、特質——特性、特別——特殊

9. 真：真跡、千真萬確、真品、真憑實據、真相

10. 高：a.高高在上、b.高深莫測、c.高視闊步、d.高枕無憂、e.高談闊論、
    f.高樓大廈

11. 動：動心、動聽、觸動、無動於衷、動人心弦

12. 國：1. 國際象棋、國家、國外、國手
    2. 參考答案：國產、國會、國語、國畫、國民

13. 專：專心——專注、專門——特地、專家——行家、
    專長——特長、專稿——特稿

14. 強：1. a.富國強兵、b.強弩之末、c.強人所難、d.強詞奪理
    2. 參考答案：a.小明性格堅強，無論遇到多大困難他都不退縮。
    b.爸爸體格強壯，是一位運動健將。

15. 得： 得心應手、洋洋得意、得不償失、得意忘形、得天獨厚

16. 情： 病情、毫不知情、實情、情不自禁

17. 接： 接力賽、接近、接二連三

18. 推： a.推陳出新、b.推誠相見、c.推三推四、d.推己及人、e.推心置腹、
    f.推波助瀾

19. 教： 教養、教育、指教、教導、教學、教士、教訓、教練、宗教、教派

20. 清： 清潔、清水、清洗、清除、清涼、清爽

21. 深： 深謀遠慮、深居簡出、深入淺出、深思熟慮、萬丈深淵

22. 理： 理應——理該、辦理——處理、理智——明智、
    理所當然——理當如此、有條有理——有條不紊

23. 現： 現時、現今、現象、現代、現任、現存

24. 盛： 盛服——盛裝、盛年——壯年、盛暑——酷暑、盛意——盛情、
    盛行——流行、旺盛——興盛

25. 眼： a.眼花繚亂、b.大開眼界、c.眼疾手快、d.眼明手快、e.一飽眼福、
    f.眼高手低

26. 通： 1.通信——通訊、通告——通知、通往——通向、通曉——精通、
    通暢——暢通、通宵——整夜
    2.參考答案：通郵、通緝、通病、通訊社、通貨膨脹

27. 創： 創業、創辦、創刊號、創意、創造力

28. 報： 報睫（捷）、報効（效）、報因（應）

29. 提： 1.提前——提早、提綱——提要、提交——呈交、提醒——提示、
    提高——提升、提問——發問
    2.提早、小提琴、提醒、提心吊膽

30. 無： 無所作為、無往不勝、無論如何、無時無刻、無價之寶、從無到有

31. 發： 發達——發迹、發覺——發現、自發——自動、發動——動員、

分發——散發、發揮——發揚

32. 結： 結識、結束、結帳、結果、了結

33. 進： 進取心、進修、進展、進步

34. 開： a.開誠布公、b.開誠相見、c.遍地開花、d.開門見山、e.開天闢地、
f.開源節流

35. 傳： 「傳記、自傳、別傳、外傳、水滸傳」中的「傳」唸 zhuàn；
「傳說、傳奇、傳統」中的「傳」唸 chuán。

36. 意： a.意氣風發、b.詞不達意、c.意氣相投、d.意在言外、e.意料之中、
f.出其不意

37. 感： 感謝——感激、感動——感人、感想——感觸、情感——感情、
感歎——歎息、感悟——領悟

38. 愛： 愛性（心）、鐘愛（鍾）、痛愛（疼）、愛載（戴）

39. 新： 1. a.推陳出新、b.耳目一新、c.新陳代謝、d.標新立異
2. 新型、新潮、新鮮、新秀、新近、新奇

40. 照： 1. 依照——按照、照相——拍照、照舊——照樣、執照——牌照、
照看——照料、照射——照耀
2. 參考答案：手工課上，我按照老師做的泥塑熊貓，照葫蘆畫瓢也做
出了一個。

附錄：小學生語文學習字詞表

（本表字詞來自香港教育局編印的香港學生「小學學習字詞表」，以及由這些字和詞語引伸出去的常用詞語。紅色字是書中故事出現的詞語。）

十畫

1. 原——原先、原野、原因、原來、原木、原料、原由、原樣、原意、原諒、原始、原油、原則、原理、平原、高原、原原本本、情有可原、原班人馬、原形畢露

2. 家——家教、住家、家庭、家禽、家畜、家族、家產、家務、家長、家屬、家鄉、行家、專家、家家戶戶、家喻戶曉、家傳戶曉、一家之言、家常便飯、家徒四壁、家庭婦女

3. 時——時候、時而、有時候、時常、時間、時光、時鐘、時辰、小時、準時、不時、時針、按時、時代、時時刻刻、盛極一時、時不可失、應時食品、時過境遷、時來運轉

4. 氣——天氣、氣溫、氣壓、氣候、氣流、氣氛、氣流、氣餒、氣功、氣味、氣體、氣乎乎、氣吁吁、屏氣凝神、氣急敗壞、氣勢洶洶、氣象萬千、氣焰囂張、氣壯山河、上氣不接下氣

5. 流——流通、水流、河流、主流、洪流、流暢、支流、流行、流傳、流露、流星、氣流、水流量、流芳千古、水土流失、流離失所、流血流汗、流芳千古、開源節流、流連忘返

6. 消——消磨、消息、消失、消逝、消瘦、消極、消耗、消除、消費、消滅、消散、消化、消防、消毒、消炎、撤銷、消遣、消閒、煙消雲散、意志消沉

7. 海——海洋、大海、海沙、海底、海星、海膽、海參、海帶、海藻、海草、海豚、海豹、海龜、海嘯、海潮、海浪、海岸、人山人海、海枯石爛、海闊天空

8. 特——特地、特色、特技、特長、特點、特別、奇特、特殊、特務、特價、特有、特定、特性、特產、特製、特徵、特質、特快、特區、特異功能

9. 真——真情、真空、真是、真實、真摯、真正、真切、真品、真理、真誠、傳真、寫真、真相、真跡、真心實意、夢想成真、千真萬確、

真憑實據、去偽存真、真知灼見

十一畫

10. 高—— 高山、高大、高層、高雅、高昂、**高貴**、高興、高明、高高在上、高深莫測、**高視闊步**、高枕無憂、高談闊論、高樓大廈、**高速公路**、難分高下、高瞻遠矚、高朋滿座、高人一等、高風亮節

11. 動—— 動用、動身、動搖、動靜、發動、改動、行動、挪動、移動、**動力**、動詞、動人、動物園、動腦筋、風吹草動、輕舉妄動、無動於衷、動人心弦、興師動眾、動彈不得

12. 國—— 國王、國家、國內、**國外**、國防、國土、國界、國門、治國、國人、國庫、國力、國旗、國歌、國慶、全國、**國籍**、國境綫、國計民生、國泰民安

13. 專—— 專業、專家、專門、專訪、專程、專題、**專輯**、專欄、專長、專注、專心、專誠、專一、專科、專線、專利、專業人士、專心致志、專上院校、獨斷專行

14. 強—— 強手、強烈、強項、**強勢**、強健、強大、強壯、強勁、堅強、強弱、強制、強盛、強辯、強迫、身強體壯、**富國強兵**、強身之道、強弩之末、強人所難、強詞奪理

15. 得—— 得手、取得、得意、得失、**得罪**、得益、得逞、得體、得到、得知、得分、得以、得心應手、洋洋得意、不得人心、得不償失、得意忘形、得天獨厚、得寸進尺、得道多助

16. 情—— 病情、災情、情況、情景、情操、親情、友情、疫情、**情報**、情感、情節、情緒、情調、情趣、情懷、情願、毫不知情、**合情合理**、情不自禁、情投意合

17. 接—— 接送、接替、接近、迎接、接受、接着、接見、接收、接待、接納、接駁、接界、接龍、接濟、接洽、接應、摩肩接踵、接二連三、交頭接耳、接風洗塵

18. 推—— 推崇、推廣、推理、推動、推測、推算、推斷、推翻、推倒、推想、推論、推銷、推薦、推遲、推波助瀾、推陳出新、推誠相見、推三推四、推己及人、推心置腹

19. 教—— 家教、教養、教育、教學、教材、教師、管教、教導、言教、身教、教室、教員、教訓、教誨、教練、宗教、教科書、因材施教、諄諄教誨、教學相長

20. 清—— 清早、清掃、清醒、清新、清脆、清澈、清香、清理、**清楚**、清白、

清廉、清閒、清明節、清凌凌、清風徐來、神清氣爽、清心明目、眉目清朗、眉清目秀、清規戒律

21. 深——深海、深信、深恐、深入、深仇大恨、見識深廣、深謀遠慮、深惡痛絕、深居簡出、深入淺出、由淺入深、深情厚誼、深表同情、深有此感、意味深長、深更半夜、影響深廣、深思熟慮、萬丈深淵、災難深重

22. 理——道理、理睬、處理、理虧、理應、理智、理由、理想、理解、理論、合理、理髮、理科、辦理、理所當然、無理取鬧、理屈詞窮、理直氣壯、有條有理、理當如此

23. 現——現金、現款、現錢、現場、現實、現形、現時、現行、現今、現成、現況、現狀、現象、現代、現存、現任、現在、現代化、現身說法、丟人現眼

24. 盛——盛譽、盛傳、盛讚、盛大、盛典、盛裝、盛況、旺盛、盛名、豐盛、盛產、盛世、盛行、盛會、盛載、盛意、年輕氣盛、盛氣凌人、盛情難卻、全盛時期

25. 眼——眼鏡、眼睛、眼神、眼前、親眼、眨眼、眼珠、眼淚、眼光、眼力、眼睜睜、一轉眼、眼巴巴、眼中釘、眼花繚亂、大開眼界、眼疾手快、眼福不淺、一飽眼福、眼高手低

26. 通——通行、通過、交通、通用、普通、通常、通車、通順、通俗、通航、通商、通道、通風、溝通、八達通、通心粉、四通八達、互通有無、通風報信、通情達理

十二畫

27. 創——創意、創新、創辦、創立、創業、創建、創舉、開創、創作、創造、創傷、創製、首創、創見、創利、創始、創議、創編、創匯、創刊號

28. 報——報效、報國、報答、報名、報捷、報應、報刊、報告、報紙、報酬、報恩、報償、報案、報復、黑板報、報仇雪恨、精忠報國、以德報怨、報章雜誌、以德報德

29. 提——提前、提高、提拔、提醒、提升、提出、提交、提攜、提名、提包、提煉、提供、提防、提倡、提取、提議、小提琴、手提箱、提綱挈領、提心吊膽

30. 無——無比、無辜、無助、無情、無奈、無疑、無聲無息、無微不至、無動於衷、無家可歸、無能為力、無可奈何、無所適從、無所

用心、無懈可擊、無濟於事、無中生有、風雨無阻、無足輕重、
孤立無援

31. 發—— 發誓、發榜、發呆、發愁、發抖、啓發、發生、發言、發明、
發現、發育、發展、奮發圖強、意氣奮發、整裝待發、發揚光大、
先發制人、發號施令、發家致富、發揚光大

32. 結—— 結怨、結識、結伴、結果、結交、結束、結論、結合、結婚、結局、
結親、了結、勾結、結尾、結構、結實、結賬、結晶、張燈結彩、
歸根結底

33. 進—— 進攻、推進、挺進、進軍、進口、進逼、進化、進而、進度、
進修、進展、進程、躍進、進取心、進行曲、進一步、進退兩難、
進退維谷、得寸進尺、進進出出

34. 開—— 開心、開設、開張、開幕、開業、開頭、開始、開朗、開學、
開闊、開場白、開夜車、開玩笑、開心果、開誠佈公、開誠相見、
遍地開花、開門見山、開天闢地、開源節流

十三畫

35. 傳—— 傳說、傳播、傳染、傳媒、宣傳、傳單、傳閱、傳遞、傳統、
傳授、傳真、傳聞、傳送、傳神、傳頌、傳略、傳染病、傳家寶、
傳宗接代。

36. 意—— 意外、意識、意味、任意、意思、滿意、意見、意志、意義、意境、
同意、意志力、意氣風發、意料之外、詞不達意、出其不意、
意料之中、意氣用事、意氣相投、意在言外

37. 感—— 感人、傷感、感謝、感動、感冒、感歎、感受、觀感、好感、
感染力、自豪感、百感交集、感激涕零、感慨萬分、感人肺腑、
深有所感、感恩戴德、感恩圖報、感情用事、感同身受

38. 愛—— 愛護、愛心、愛國、愛好、可愛、愛憐、鍾愛、愛惜、愛戴、
愛人、愛情、愛撫、疼愛、愛稱、愛滋病、愛莫能助、愛屋及烏、
愛不釋手、愛財如命、愛理不理

39. 新—— 新型、新潮、新意、新穎、翻新、新人、新手、新郎、新娘、新式、
創新、新月、新年、新聞、推陳出新、耳目一新、新陳代謝、
新生事物、改過自新、標新立異

40. 照—— 依照、照樣、照片、照顧、照搬、照例、照常、對照、護照、
照辦、照應、照直、照管、小照、照明彈、照貓畫虎、心照不宣、
照章辦事、照本宣科、照葫蘆畫瓢

趣味識字・組詞漢語拼音故事3

好心的河馬

編　　著：宋詒瑞

繪　　圖：葵

策　　劃：甄艷慈

責任編輯：潘宏飛　曹文姬

美術設計：何宙樺

出　　版：新雅文化事業有限公司

　　　　　香港英皇道499號北角工業大廈18樓

　　　　　電話：(852) 2138 7998

　　　　　傳真：(852) 2597 4003

　　　　　網址：http://www.sunya.com.hk

　　　　　電郵：marketing@sunya.com.hk

發　　行：香港聯合書刊物流有限公司

　　　　　香港新界大埔汀麗路36號中華商務印刷大廈3字樓

　　　　　電話：(852) 2150 2100　　傳真：(852) 2407 3062

　　　　　電郵：info@suplogistics.com.hk

印　　刷：中華商務彩色印刷有限公司

　　　　　香港新界大埔汀麗路36號

版　　次：二〇一五年七月初版

　　　　　10 9 8 7 6 5 4 3 2 / 2015

版權所有　●　不准翻印

ISBN: 978-962-08-6359-2

© 2015 Sun Ya Publications (HK) Ltd.

18/F, North Point Industrial Building, 499 King's Road, Hong Kong.

Published and printed in Hong Kong